CB061097

CONTOS RUSSOS
TOMO II

— Ó meigos sentimentos, suaves sons, bondade e sossego da alma enternecida, ó alegria derretida das primeiras comoções do amor, onde estão, onde estão?

CONTOS RUSSOS
TOMO II

Tradução e notas:
OLEG ALMEIDA

MARTIN CLARET

SUMÁRIO

11 Introdução

CONTOS RUSSOS
Tomo II

19 O Primeiro Amor

123 Lady Macbeth do distrito de Mtsensk

199 Sobre os autores

INTRODUÇÃO

OLEG ALMEIDA

Caros amigos,
Este livro é o segundo tomo de uma extensa coletânea de contos clássicos russos, elaborada pela Editora Martin Claret de maneira que todos vocês possam encontrar nela obras consoantes a seus gostos e interesses. As obras que o compõem (*O primeiro amor*, de Ivan Turguênev, e *Lady Macbeth do distrito de Mtsensk*, de Nikolai Leskov) representam as vertentes realista e naturalista que dominaram o cenário cultural da Rússia no decorrer do século XIX. Quem as ler, com devida atenção, conhecerá várias facetas da complexa e contraditória mentalidade russa que antes ignorava.

O realismo estreou nas letras europeias em 1857, com a publicação de *Madame Bovary*,[1] o mais célebre

---

[1] Uma das novas traduções desse romance, efetuada por Herculano Villas-Boas, foi publicada pela Editora Martin Claret.

dos romances de Gustave Flaubert. Superando os lugares-comuns de seus predecessores, tanto os rompantes emocionais dos sentimentalistas quanto os excessos fantasiosos dos românticos, ele passou a mostrar a vida cotidiana tal como ela é, sem a mínima distorção ou dissimulação artística, em toda a sua verdade nua e crua. Os avanços do realismo foram rápidos e impetuosos. Apesar de *Madame Bovary* ter provocado, quando de seu aparecimento, um escândalo memorável, valendo ao seu autor uma ferrenha perseguição judicial por "ultraje à moral pública e religiosa", as obras posteriores, não raro bem menos comedidas que essa história dos "costumes de província", não apenas consolidaram a nova visão de realidade no meio dos escritores como também arregimentaram legiões de leitores no mundo inteiro. Se os adeptos do sentimentalismo pintavam seus vilões com tintas suaves e os do romantismo lhes atribuíam diversos traços positivos, de sorte que o público sensível acabava por simpatizar com eles (e isso sem falar nos heróis transformados por ambas as escolas na encarnação das mais admiráveis qualidades físicas e morais), os realistas não denotavam nem sombra de complacência infundada ou simpatia desmerecida no tocante aos personagens que idealizavam, chegando enfim a examiná-los, ou melhor, a estudá-los sob a inexorável ótica naturalista. Introduzido por Émile Zola na França, Eça de Queirós em Portugal e Aluísio Azevedo no Brasil, o naturalismo não poupava detalhes chocantes nessa meticulosa análise da psicologia e mesmo da fisiologia humana, inclusive das suas manifestações anormais. É claro que os intelectuais russos, cuja criatividade assimilava muitos dos temas e procedimentos literários vindos da Europa, não podiam, por sua vez, deixar de implantar as formas extrema e moderada do realismo em seu país natal.

Redigido na primeira pessoa, incomparavelmente lírico em sua calma e branda fluidez, O primeiro amor é um texto de expressão realista. Ao tomar por base um episódio verídico da sua juventude — o envolvimento, ainda meio infantil, com a Princesa Yekaterina Chakhovskáia, a qual, chamada pela mãe do futuro escritor de "poetisa safada", acabou destruindo a paz de sua família —, Turguênev relata-o em termos exatos e sóbrios, com uma emoção tão sutil que ela quase não transparece no triste discurso de homem vivido e marcado por suas vivências. Nem se trata, aliás, de sensibilizar a quem estiver lendo essa confissão amargurada; o autor se propõe, antes de tudo, transmitir-nos a cintilante ternura de suas recordações para que revisitemos aquele cantinho da alma onde nossos próprios amores juvenis, sejam felizes ou desastrosos, permanecem guardados. Elogiado pelos críticos europeus e censurado, em razão da pretensa imoralidade, pelos reacionários russos, O primeiro amor encanta qualquer um de nós com a surpreendente isenção autoral que lhe ilumina as páginas. A exemplo de Karamzin,[2] Turguênev escreve sobre o fracasso de um sentimento lindo e sublime, porém seus personagens, Vladímir e Zinaída, transcendem a condição de um casal a personificar o formidável contraste do pecado e da virtude: ao invés das etéreas figuras de Erast e Lisa criadas pela meiga inspiração sentimentalista, são dois jovens em carne e osso, cujos sofrimentos suscitam a mais viva compaixão.

O feitio do conto *Lady Macbeth do distrito de Mtsensk* é típico do naturalismo. Pondo em foco o trágico destino de uma mulher casada por interesse que, oprimida no ambiente machista de seu lar e sexualmente frustrada, primeiro trai o marido com um jovem empregado dele e depois comete uma série de terríveis delitos para ocultar a traição e ser feliz nos braços de seu amante, Nikolai Leskov explora-o de modo tão franco e imparcial que até os leitores de hoje, vacinados contra a violência onipresente a ponto de não reparar mais nela, ficam arrepiados com a sinistra crueza de sua narração. Quer pormenorize as barbáries perpetradas a sangue-frio ou esquadrinhe seus torpes motivos, a cada momento mantém esse estilo cortante; igual à maioria dos naturalistas, apaga a fronteira entre o fato e a ficção, entre o que aconteceu e o que teria podido acontecer em dadas circunstâncias.

---

[2] Veja o conto sentimentalista *A pobre Lisa*, de Nikolai Karamzin, publicado no 1º tomo desta coletânea, em que é descrito o amor infeliz da camponesa Lisa pelo fidalgo Erast.

Certas passagens de *Lady Macbeth* parecem trechos de uma sangrenta crônica policial ou, quem sabe, de um tratado de psiquiatria forense, sem que a força de seu impacto estético diminua por causa disso.

Lendo esses dois contos, ficaremos enternecidos e, logo em seguida, aterrados com as peripécias do mesmo sentimento universal e avassalador, do belo e pavoroso amor terreno. E sentiremos, uma vez terminada a leitura, profundo respeito pelos dois mestres russos que souberam imortalizá-lo em seus primorosos escritos.

CONTOS RUSSOS
TOMO II

O PRIMEIRO AMOR

IVAN TURGUÊNEV

Dedicado a P. V. Ânnenkov[1]

Os convidados tinham ido embora havia tempo. O relógio deu meia-noite e meia. No quarto estavam apenas o dono da casa, Serguei Nikoláievitch e Vladímir Petróvitch. O anfitrião tocou a campainha e mandou o criado recolher os restos do jantar.

— Pois bem, o assunto é o seguinte — disse ele, acomodando-se em sua poltrona e acendendo um charuto. — Cada um de nós deve contar a história de seu primeiro amor. É sua vez, Serguei Nikoláievitch.

Serguei Nikoláievitch, um homem rechonchudo de rosto arredondado e cabelos louros, primeiro olhou para o dono da casa e depois ergueu os olhos para o teto.

---

[1] Ânnenkov, Pável Vassílievitch (1813–1887): crítico literário e estudioso russo.

— Não tive o primeiro amor — respondeu afinal —, comecei logo pelo segundo.

— Como assim?

— Muito simples. Eu tinha dezoito anos quando fui cortejando, pela primeira vez, uma senhorita bem bonitinha; porém a cortejava como se não fosse uma coisa tão nova assim para mim, da mesma maneira que namoraria mais tarde outras mulheres. A falar verdade, a primeira e a última vez que me apaixonei, tendo uns seis anos, foi pela minha babá, mas aquilo aconteceu há muito tempo. Os pormenores de nosso relacionamento se apagaram da minha memória e, mesmo se eu me lembrasse deles, quem se interessaria por isso?

— Então, o que vamos fazer? — prosseguiu o anfitrião. — O meu primeiro amor também é pouco interessante. Não me apaixonara por ninguém antes de conhecer Anna Ivânovna, minha esposa de hoje, e tudo correu às mil maravilhas para nós dois: nossos pais combinaram o casamento, nós nos enamoramos rapidamente um pelo outro e casamo-nos sem demora. Meu conto de fadas cabe em duas palavras. Confesso, meus senhores, que, levantando a questão do primeiro amor, contava com vocês, solteiros não digo "velhos", mas que tampouco são muito jovens. Talvez o senhor nos divirta com algo, Vladímir Petróvitch?

— O meu primeiro amor não pertence, de fato, à categoria de amores banais — respondeu, após uma pequena pausa, Vladímir Petróvitch, homem de uns quarenta anos cujos cabelos negros começavam a embranquecer.

— Ah! — disseram o dono da casa e Serguei Nikoláievitch numa voz só. — Melhor ainda... Conte-nos, pois.

— Está bem... mas não: eu não vou contar sobre isso. Não sei contar muito bem, as minhas histórias são secas e breves ou então longas e falsas; se me permitirem, anotarei tudo o que recordar num caderno e depois lerei para vocês.

A princípio, seus amigos não concordaram, mas Vladímir Petróvitch acabou insistindo. Ao cabo de duas semanas, eles se reuniram de novo, e Vladímir Petróvitch cumpriu a promessa.

Eis o que constava em seu caderno:

I

Isso aconteceu no verão de 1833. Eu tinha, na época, dezesseis anos.

Morava com meus pais em Moscou. Eles alugavam uma chácara perto do linde Kalújski,[2] em frente ao parque Neskútchny.[3] Eu me preparava para entrar na universidade, mas estudava bem pouco e sem pressa.

Ninguém restringia a minha liberdade. Fazia o que queria, sobretudo desde que me despedi do meu último preceptor francês, o qual não conseguia, de

---

[2] Trata-se do limite urbano voltado em direção à cidade de Kaluga.
[3] Grande jardim público (seu nome significa, em russo, "divertido" ou, literalmente, "não enfadonho") situado na margem direita do rio Moscovo.

modo algum, acostumar-se à ideia de ter caído "como uma bomba" (*comme une bombe*) na Rússia e passava dias inteiros prostrado, de cara exasperada, na sua cama. O pai me tratava com um carinho indiferente; a mãezinha quase não me dava atenção, embora não tivesse outros filhos além de mim: estava dominada por graves preocupações. Meu pai, um homem ainda novo e muito bonito, desposara-a por interesse, sendo ela dez anos mais velha que ele. Minha mãezinha levava, pois, uma vida tristonha: inquietava-se sem parar, sentia ciúmes, ficava zangada, mas sempre na ausência do pai; tinha muito medo dele, tão rígido, frio, distante em relação à esposa... Eu não conhecia nenhum homem que fosse mais requintadamente tranquilo, seguro de si e autoritário.

Nunca me esquecerei das primeiras semanas vividas naquela chácara. O tempo estava maravilhoso; nós deixáramos a cidade em nove de maio, justo no dia de São Nicolau. Eu passeava — ora no jardim de nossa casa, ora no parque Neskútchny, ora além do linde; levava comigo algum livro, por exemplo, o curso de Kaidânov,[4] mas raramente o abria, preferindo recitar, em voz alta, aqueles inúmeros versos que sabia de cor. O sangue estava fermentando em mim, e meu coração sentia uma dorzinha doce e engraçada: tímido e surpreso com todas as coisas, eu esperava por algo, estava todo alerta; minha fantasia voava, brincando,

---

[4] Kaidânov, Ivan Kuzmitch (1782–1843): célebre pedagogo russo, autor de numerosos manuais de história antiga.

em volta das mesmas ideias, tal e qual aqueles gaivões que volteiam, ao raiar do sol, em torno de um campanário. Eu andava pensativo, triste, até chorava, mas através dessas lágrimas, através da tristeza suscitada ora por um verso melodioso, ora pela beleza da tarde, brotava, feito a relva primaveril, a jovial sensação de uma jovem, efervescente vida.

Tinha um cavalinho de sela; montava-o sozinho e ia para algum lugar afastado, ali galopava, imaginando-me um cavaleiro num torneio — com quanta alegria o vento soprava em meus ouvidos! — ou, dirigindo o semblante para o céu, acolhia em minha alma aberta a luz fulgurante e a cor azul dele.

Lembro que, naquele tempo, a imagem de uma mulher, o fantasma de um amor feminino, quase nunca surgia em minha mente como uma figura bem definida; no entanto, em tudo o que eu pensava, em tudo o que eu experimentava havia um pressentimento oculto, semientendido, pudico de algo novo, inefavelmente gostoso, feminino...

Esse pressentimento, ou essa espera, impregnava todo o meu ser: eu o respirava, ele rolava nas minhas veias, contido em cada gota de sangue... indo em breve tornar-se realidade.

Nossa chácara era composta de uma mansão senhoril, feita de madeira e provida de colunas, e duas baixas casinhas dos fundos; na casa esquerda encontrava-se uma pequenina fábrica de papel de parede barato. Mais de uma vez fui lá para ver uma dezena de magros garotos, de cabelos arrepiados e rostos macilentos, vestindo roupões ensebados, que saltavam volta e meia em cima das alavancas de madeira, destinadas a pôr em movimento as peças quadrangulares da prensa, e dessa forma estampavam, com o peso de seus corpos mofinos, os ornamentos variegados naquele papel. A casinha direita permanecia vazia e estava para alugar. Um dia (foi umas três semanas após nove de maio), os contraventos daquela casinha abriram-se, uns rostos femininos assomaram das janelas... uma família se hospedara ali. Lembro que no mesmo dia a mãezinha perguntou ao mordomo, na hora do almoço, quem eram os nossos novos vizinhos e, ouvindo o sobrenome da Princesa Zassêkina, primeiro disse com certo respeito: "Ah, uma princesa...", e depois acrescentou: "Deve ser uma pobre coitada".

— Vieram em três carroças — notou o mordomo, servindo com deferência um prato. — Não têm carruagem própria, e seus móveis são muito reles.

— Sim — redarguiu a mãezinha —, todavia, é melhor que seja uma fidalga.

O pai mirou-a com frieza; ela ficou calada.

De fato, a Princesa Zassêkina não podia ser uma mulher rica: a casinha dos fundos que tinha alugado era tão precária, pequena e baixa que as pessoas minimamente abastadas não consentiriam em morar nela. De resto, deixei tudo isso sem atenção naquele momento. O título principesco não me impressionou muito: acabava de ler *Os bandoleiros* de Schiller.[5]

---

[5] Friedrich von Schiller (1759–1805): grande poeta e dramaturgo alemão cujo drama *Os bandoleiros* (1781) era bem popular na Rússia daquela época.

II

Eu tinha o hábito de perambular, toda tarde, em nosso jardim, espreitando as gralhas com uma espingarda. Fazia tempo que sentia ódio por essas aves prudentes, atrozes e pérfidas. No dia de que se trata, fui também ao jardim e, ao percorrer em vão todas as aleias (as gralhas me teriam reconhecido, soltando, apenas de longe, seus bruscos grasnidos), aproximei-me casualmente da baixa cerca que separava a nossa morada como tal da estreitinha faixa do jardim adjacente à casinha direita e situada atrás desta. Eu caminhava de olhos no chão. Ouvi, de súbito, umas vozes; olhei por cima da cerca e fiquei petrificado. Apresentou-se-me um estranho espetáculo.

A alguns passos de mim, numa clareira entre as verdes moitas de framboesa, estava plantada uma moça alta e esbelta, que usava um vestido rosa listrado e um lenço branco na cabeça; quatro rapazes se comprimiam ao redor dela, e a moça fazia, um por um, estalarem nas suas testas aquelas florzinhas cinza cujo nome não sei, mas que são bem familiares às crianças, florzinhas que formam pequenas cápsulas e rebentam, com um estalo, quando batidas contra uma superfície dura. Os rapazes ofereciam-lhe suas testas com tanto gosto e nos movimentos da moça (via-a de lado) havia algo tão encantador, imperioso, carinhoso, jocoso e meigo que eu quase gritei de espanto e prazer: parece que daria de pronto tudo o que houvesse no mundo para esses belos dedinhos me aplicarem também uma pancadinha na testa. Deixei a minha espingarda deslizar e cair na relva, esqueci tudo e fiquei devorando, com o olhar, esse corpo formoso, esse pescoço, esses lindos braços, esses cabelos louros, um pouco despenteados sob o lencinho branco, esses olhos entrefechados, inteligentes, esses cílios e essa terna face que eles encimavam...

— Jovem, ó jovem — uma voz ressoou, de repente, bem perto. — Será que é permitido olhar desse jeito para as mocinhas estranhas?

Estremeci todo, atordoado... Um homem de cabelos negros e rasos estava ao meu lado, detrás da cerca, e fitava-me com ironia. Nesse mesmo instante a moça também se virou para mim... Avistei seus enormes olhos cinza num rosto vivo e animado, e todo aquele rosto estava rindo, vibrante: os alvos dentes fulgiam, as sobrancelhas se levantavam de modo tão engraçado... Enrubescido, apanhei minha espingarda e fui correndo para o meu quarto, seguido por uma gargalhada sonora, mas não maldosa, joguei-me na cama e tapei o rosto com as mãos. Meu coração estava pulando; eu sentia, de vez, muita vergonha e alegria; uma emoção incomum apoderou-se de mim.

Ao descansar um pouco, arrumei os cabelos, limpei as roupas e desci para tomar chá. A imagem daquela moça pairava na minha frente; o coração não me pulava mais, premido por uma angústia agradável.

— O que tens? — perguntou-me, de chofre, o pai. — Mataste uma gralha?

Eu queria contar-lhe tudo, porém me contive e apenas sorri a mim mesmo. Indo dormir, girei, não sabia com que intuito, umas três vezes num pé, passei brilhantina em meus cabelos, deitei-me e dormi toda a noite como uma pedra. Ao amanhecer, despertei por um minutinho, soergui a cabeça, olhei ao redor com encantamento e peguei outra vez no sono.

III

"Como poderia conhecer as vizinhas?" — foi esse o primeiro pensamento que tive ao acordar de manhã. Antes do chá fui ao jardim, mas não me acheguei muito perto à cerca nem vi ninguém. Após o chá passei algumas vezes pela rua, defronte da chácara, olhando de longe para as janelas... Achei ter visto, por trás da cortina, o rosto dela e, assustado, retirei-me depressa. "Contudo, é preciso conhecê-la" — pensava, caminhando sem rumo pelo ermo arenoso que se estendia diante do Neskútchny —, "mas de que modo? Eis a questão". Rememorava os mínimos detalhes do nosso encontro: por alguma razão, imaginava com especial clareza aquela moça zombando de mim... Mas, ao passo que me inquietava e fazia diversos planos, o fado já se dispunha a auxiliar-me.

Em minha ausência, a mãezinha recebera de nossa nova vizinha uma carta escrita num papel cinza e selada com um lacre marrom usado apenas para intimações enviadas pelo correio e rolhas do vinho barato. Naquela carta, de estilo rudimentar e letra desmazelada, a princesa pedia que a mãezinha lhe concedesse o seu apoio: na opinião da princesa, minha mãe conhecia bem certas pessoas influentes das quais dependia o destino dela própria e de seus filhos, visto que ela movia processos judiciais de suma importância. "Recorro-lhe" — escrevia, em particular — "como de uma dama nobre para outra dama nobre, agradando-me proveitar esta ocasião". Finalizando, solicitava a permissão de vir conversar com a mãezinha. Encontrei minha mãe de mau humor: o pai não estava em casa, e ela não tinha a quem pedir conselho. Ignorar uma "dama nobre", e, ainda por cima, uma princesa, seria impossível, mas como lhe responder... a mãezinha não o sabia. Parecia despropositado mandar um bilhete em francês e, quanto à ortografia russa, minha mãe tampouco era forte nela, estava ciente disso e não queria comprometer-se. Ela se alegrou com a minha chegada e logo mandou que fosse à casa da princesa e explicasse a esta, oralmente, que a mãezinha estava sempre pronta a prestar à Sua Alteza um favor, na medida de suas forças, e pedia que a princesa viesse visitá-la depois do meio-dia. A realização inesperadamente rápida dos meus desejos secretos deixou-me feliz e amedrontado, porém eu não demonstrei a ansiedade que se apossara de mim e fui, previamente, ao meu quarto para vestir minha sobrecasaca e atar uma gravata novinha. Ainda usava, em casa, jaquetas de colarinho caído, se bem que elas me incomodassem muito.

IV

Na antessala apertada e meio suja da casa dos fundos, em que eu entrara com um tremor involuntário por todo o corpo, recebeu-me um velho criado de cabeça branca e rosto escuro que nem o cobre. Seus olhos eram pequenos, como os de um porco, e lúgubres; eu nunca tinha visto rugas tão profundas quanto aquelas que lhe cortavam a testa e as têmporas. No prato que ele segurava jazia a espinha limpa de um arenque, e fechando, com o pé, a porta que levava ao outro cômodo, ele me disse bruscamente:

— O que deseja?

— A Princesa Zassêkina está em casa? — perguntei eu.

— Vonifáti! — gritou, detrás da porta, uma rangente voz feminina.

O criado me virou, silencioso, as costas, mostrando nesse momento quão gasta estava a parte traseira de sua libré com um só botão descorado, outrora munido de um brasão, pôs o prato no chão e retirou-se.

— Já foste à delegacia? — repetiu a mesma voz feminina.

O criado murmurou algo.

— Ah?... Veio alguém?... — ouviu-se de novo aquela voz. — O sinhô moço, filho dos vizinhos? Pois bem, chama-o.

— Venha, por favor, à sala de estar — proferiu o criado, aparecendo outra vez na minha frente e recolhendo o prato do chão.

Recompus-me e entrei nessa "sala de estar".

Fiquei num cômodo pequeno e não muito asseado, de móveis pobres e como que dispostos às pressas. Perto da janela, numa poltrona de braço quebrado, estava sentada uma mulher de uns cinquenta anos de idade, feia e despenteada, que trajava um velho vestido verde com um lenço multicolor de *harus*[6] em volta do pescoço. Ela cravou em mim seus pequeninos olhos negros.

Aproximei-me dela e cumprimentei-a.

— Tenho a honra de falar com a Princesa Zassêkina?

— Sou a Princesa Zassêkina. E você é o filho do senhor V.?

— Exatamente. Trouxe para a senhora um recado de minha mãe.

— Sente-se, por favor. Vonifáti, onde estão minhas chaves, não as viste?

Comuniquei à Senhora Zassêkina o que a mãezinha dissera em resposta à sua mensagem. Ela me escutou, tamborilando no peitoril da janela com os seus gordos dedos vermelhos, e, quando eu terminei, voltou a olhar para mim.

— Muito bem, irei sem falta — disse afinal. — Mas como você ainda é jovem! Permite saber quantos anos tem?

— Dezesseis anos — respondi com um gaguejo involuntário.

---

[6] Tecido de algodão ou lã, bastante áspero e barato (em polonês).

A princesa tirou do bolso uns papéis sebentos e rabiscados, aproximou-os do seu nariz e começou a remexê-los.

— Boa idade — pronunciou de repente, virando-se, agitada, em seu assento. — Deixe, por gentileza, quaisquer cerimônias. A minha casa é simples.

"Simples demais" — pensei eu, examinando todo o seu vulto desleixado com um asco espontâneo.

Nesse momento a outra porta da sala de estar abriu-se, rapidamente, de par em par, e na soleira apareceu a moça que eu vira, um dia antes, no jardim. Ela levantou a mão, e no seu rosto surgiu um leve sorriso.

— Eis aí minha filha — disse a princesa, apontando-a com o cotovelo. — Zínotchka,[7] é o filho do senhor V. nosso vizinho. Permite saber qual é seu nome?

— Vladímir — respondi, pondo-me em pé e ciciando de emoção.

— E seu patronímico?[8]

— Petróvitch.

— Sim! Conhecia um comandante policial que também se chamava Vladímir Petróvitch. Vonifáti, não procures mais as chaves, elas estão no meu bolso.

A moça continuava a mirar-me com o mesmo sorriso, entrefechando os olhos e inclinando um pouco a cabeça para o lado.

---

[7] Forma diminutiva e carinhosa do nome Zinaída.
[8] Parte integrante do nome russo, derivada do nome paterno.

— Já vi *monsieur* Voldemar — começou ela. (O som argênteo de sua voz suscitou-me um friozinho gostoso). — Você me permite chamá-lo assim?

— É claro — balbuciei eu.

— Como é? — perguntou a princesa.

A princesinha não respondeu à sua mãe.

— Você está ocupado? — prosseguiu ela, sem despregar os olhos de mim.

— Nem um pouco.

— Quer ajudar-me a desenrolar a lã? Venha cá, comigo.

Ela fez um gesto convidativo com a cabeça e saiu da sala de estar. Fui atrás dela.

Os móveis do quarto em que entramos estavam um tanto melhores e colocados com muito gosto. Aliás, nesse instante eu não conseguia perceber quase nada: movia-me como um sonâmbulo e sentia, em todo o meu ser, uma beatitude estupidamente tensa.

A princesinha se sentou, tirou uma meada de lã vermelha e, apontando-me para uma cadeira posta diante dela, abriu zelosa aquela meada e colocou-a sobre as minhas mãos. Fez tudo isso calada, com certa lentidão engraçada e o mesmo sorriso travesso e luminoso nos lábios soabertos. Começou a enovelar a lã numa carta dobrada e, de repente, alumbrou-me com um olhar tão claro e veloz que abaixei, sem querer, a cabeça. Quando seus olhos, de ordinário entrefechados, ficavam abertos de todo, seu rosto mudava completamente, como se uma luz o iluminasse.

— O que pensou de mim ontem, *monsieur* Voldemar? — perguntou ela após uma pausa. — Decerto me condenou?

— Eu, princesa... não pensei nada... como eu poderia... — respondi, confuso.

— Escute — retorquiu ela. — Ainda não me conhece: sou muito estranha, quero que sempre me digam só a verdade. Pelo que ouvi dizer, você tem dezesseis anos, e eu tenho vinte e um: sou, como vê, bem mais velha, portanto você deve sempre me dizer a verdade... e obedecer-me — acrescentou. — Olhe para mim... Por que não me olha?

Fiquei ainda mais constrangido, mas reergui os olhos. Ela sorriu, e esse sorriso era bem diferente, aprobativo.

— Olhe para mim — disse ela, baixando carinhosamente o tom —, isso não me desagrada... Gosto do seu rosto, pressinto que seremos amigos. E você gosta de mim? — adicionou, manhosa.

— Princesa... — ia dizer-lhe.

— Primeiro, chame-me Zinaída Alexândrovna e, segundo, qual é esse hábito dos meninos (ela se corrigiu)... dos moços, o de não falarem diretamente naquilo que eles sentem? Isso é bom para os adultos. Pois você gosta de mim?

Embora sua conversa tão franca assim me agradasse em cheio, fiquei um pouco sentido. Queria mostrar-lhe que não era apenas um menino e, tomando, na medida do possível, uma aparência desinibida e séria, disse:

— Por certo, eu gosto muito de você, Zinaída Alexândrovna; não quero esconder isso.

Ela abanou pausadamente a cabeça.

— Você tem um preceptor? — perguntou de chofre.

— Não, já faz tempo que não tenho preceptor.

Estava mentindo: não fazia nem sequer um mês que me despedira do meu francês.

— Oh! Pelo que vejo, está bem grande — ela me deu um tapinha nos dedos. — Mantenha as mãos retas! — E continuou a dobar, laboriosa, a lã.

Aproveitando que ela não levantasse os olhos, pus-me a examiná-la, primeiro às escondidas e depois com mais e mais ousadia. Seu rosto me pareceu ainda mais lindo que no dia anterior: todas as suas feições eram finas, inteligentes e meigas. Ela estava sentada de costas para a janela fechada com uma cortina branca; atravessando essa cortina, um raio do sol derramava sua macia luz em seus fartos cabelos dourados, seu inocente pescoço, seus ombros roliços, seu peito sereno e terno. Eu olhava para a moça, e como ela se tornava cara e próxima para mim! Tê-la-ia conhecido havia muito tempo, não vira nada nem mesmo vivera antes de conhecê-la... Ela usava um vestido escuro e já gasto, com um avental, e parecia-me que eu acariciaria com deleite cada prega desse vestido e desse avental. As pontinhas de suas botinas viam-se debaixo do seu vestido, e eu me curvaria, venerador, até essas botinas... "Eis-me sentado na frente dela" — pensei. — "Conheci-a... quanta felicidade, meu Deus!" Quase pulei fora da minha cadeira, de tão arrebatado, mas acabei por balançar apenas os pés como uma criança que saboreia doces. Estava tão bem naquele quarto como um peixe na água e passaria lá séculos, sem deixar meu lugar.

As pálpebras dela se ergueram devagarinho, seus olhos claros e carinhosos brilharam outra vez na minha frente. Ela voltou a sorrir.

— Como é que olha para mim? — disse lentamente e ameaçou-me com o dedo.

Enrubesci logo... "Ela entende tudo, vê tudo" — pensei de relance. — "E como não entenderia, como não veria tudo?"

De supetão, um barulho se ouviu no cômodo vizinho: era o tilintar de um sabre.

— Zina! — gritou a velha princesa na sala de estar. — Belovzórov trouxe um gatinho para ti.

— Gatinho! — exclamou Zinaída, levantou-se, num pulo, da sua cadeira, jogou o novelo sobre o meu colo e saiu correndo.

Levantei-me também e, deixando a meada de lã e o novelo no peitoril da janela, fui à sala de estar onde parei estupefato. Um gatinho de pelo raiado estava deitado, escancarando as patas, no meio da sala; Zinaída se pusera de joelhos ao lado dele e levantava, cuidadosa, o seu focinho. Junto da velha princesa via-se, ocupando quase todo o espaço entre duas janelas, um valentão de cabelos louros e crespos, hussardo de rosto corado e olhos um tanto esbugalhados.

— Como é engraçado! — repetia Zinaída. — Seus olhos não são cinzentos, mas verdes, e suas orelhas são grandes assim. Obrigada, Víktor Yegórytch! Você é muito gentil.

O hussardo, em que eu havia reconhecido um dos rapazes vistos no dia anterior, sorriu e saudou a princesinha, fazendo estalarem suas esporas e retinirem os elos da corrente de seu sabre.

— A senhorita se dignou a dizer ontem que gostaria de ter um gatinho de pelo raiado e grandes orelhas... pois eu arranjei um. As promessas são uma lei. — E ele tornou a saudá-la.

O gatinho soltou um pio bem fraco e desandou a cheirar o chão.

— Ele está com fome! — exclamou Zinaída. — Vonifáti, Sônia! Tragam leite.

Uma criada de velho vestido amarelo, com um lenço desbotado no pescoço, trouxe um pires de leite e colocou-o na frente do gatinho. O gatinho estremeceu, fechou os olhos e começou a beber.

— Que língua rosadinha ele tem — notou Zinaída, abaixando sua cabeça quase até o chão e olhando de lado o focinho do bichano.

Uma vez saciado, o gatinho se pôs a ronronar e a mexer, dengoso, as suas patas. Zinaída se levantou e, voltando-se para a criada, disse indiferente:

— Leva-o embora.

— Sua mãozinha pelo gatinho — pediu o hussardo com um largo sorriso, movendo todo o seu corpo robusto, moldado pelo novo uniforme.

— Ambas — replicou Zinaída, estendendo-lhe suas mãos. Enquanto o hussardo as beijava, ela me fitava por cima do ombro.

Eu estava imóvel, no mesmo lugar, e não sabia o que fazer: rir, dizer alguma coisa ou continuar em silêncio. De repente, através da porta aberta da antessala, saltou-me aos olhos o vulto de nosso lacaio Fiódor. Ele me chamava com gestos. Aproximei-me maquinalmente dele.

— O que tens? — perguntei.

— Sua mãezinha mandou ir buscá-lo — cochichou ele. — Está zangada porque o sinhô não volta com a resposta.

— Será que estou aqui há muito tempo?

— Mais de uma hora.

— Mais de uma hora! — repeti de maneira involuntária e, retornando à sala de estar, comecei a despedir-me e a fazer rapapés.

— Aonde vai? — perguntou-me a princesinha, assomando por trás do hussardo.

— Preciso ir para casa. Eu digo, pois — acrescentei, dirigindo-me à velha —, que a senhora nos visitará por volta das duas horas.

— Diga isso aí, queridinho.

A velha princesa se apressou a tirar uma tabaqueira e cheirou o tabaco com tanto ruído que eu tive até um sobressalto.

— Diga isso aí — repetiu ela, piscando os olhos lacrimejantes e gemendo baixinho.

Fiz mais uma reverência, virei-me e saí da sala com aquela sensação de embaraço que experimenta um homem muito jovem por saber que alguém lhe mira as costas.

— Pois veja, *monsieur* Voldemar, se nos visita! — gritou Zinaída e riu outra vez.

"Por que ela está rindo o tempo todo?" — pensei, regressando a casa com Fiódor que não dizia nada, mas me seguia de modo algo reprovador. A mãezinha me exprobrou e ficou perplexa: o que eu podia fazer tanto tempo na casa da velha princesa? Não lhe respondi nada e fui ao meu quarto. Senti, de súbito, muita tristeza. Esforçava-me para não chorar. Tinha ciúmes por causa daquele hussardo.

V

Cumprindo a sua promessa, a princesa veio visitar a mãezinha, que não gostou dela. Eu não presenciei esse encontro; contudo, na hora do almoço, a mãezinha contou ao meu pai que a tal de Princesa Zassêkina lhe parecera *une femme très vulgaire*,[9] que a entediara muito com seus pedidos de interceder por ela junto ao Príncipe Sêrgui, que tinha montes de processos em curso (*de vilaines affaires d'argent*[10]) e que devia ser uma grande trapaceira. No entanto, a mãezinha adicionou que a convidara, juntamente com sua filha (ouvindo a palavra "filha", eu mergulhei o nariz no meu prato), a almoçarem conosco no dia seguinte, por ser, afinal de contas, nossa vizinha e ter um nome aristocrático. Nisso o pai declarou à mãezinha que

---

[9] Uma mulher muito vulgar (em francês).
[10] Sujos negócios de dinheiro (em francês).

recordava quem era aquela senhora: ele conhecera, na juventude, o finado Príncipe Zassêkin, homem de excelente educação, mas leviano e irrequieto, chamado nas altas-rodas *le Parisien*[11] devido a suas longas estadas em Paris; o tal homem era muito rico, mas acabou perdendo todo o seu patrimônio no jogo e, não se sabe por que razão ("Talvez por dinheiro, se bem que pudesse escolher melhor" — comentou o pai com um frio sorriso), desposou a filha de um feitor e, uma vez casado, afundou em especulações e ficou totalmente arruinado.

— Será que ela vai pedir um empréstimo? — notou a mãezinha.

— Isso é bem possível — disse tranquilamente o pai. — Ela fala francês?

— Muito mal.

— Hum. De resto, não faz diferença. Tu me disseste, parece, que tinhas convidado também a filha dela. Alguém me asseverou que era uma moça muito bonita e instruída.

— Ah é? Então não puxou à mãe.

— Nem ao pai — redarguiu meu pai. — Aquele ali também era instruído, mas tolo.

A mãezinha suspirou e ficou pensativa. O pai se calou. Eu me sentia todo confuso ao longo dessa conversa.

Após o almoço fui ao jardim, mas sem a minha espingarda. Teria jurado a mim mesmo que não me

---

[11] O parisiense (em francês).

achegaria ao "jardim de Zassêkina", porém uma força irresistível me conduzia ali — e não sem motivo. Mal me aproximei da cerca, vi Zinaída. Dessa vez ela estava sozinha. Caminhava devagar por uma senda, com um livro nas mãos. Não reparara em mim. Já ia deixá-la passar, mas de repente mudei de ideia e tossi.

Ela se voltou, mas não parou, afastou com uma mão a larga fita azul do seu redondo chapéu de palha, olhou para mim, sorriu silenciosamente e fixou de novo seus olhos no livro.

Tirei o boné, hesitei um pouco e fui embora, sentindo um peso no coração. "*Que suis-je pour elle?*"[12] — pensei (Deus sabe por que) em francês.

Os passos familiares soaram atrás de mim. Olhando lá, vi o meu pai que vinha de seu habitual modo rápido e ligeiro.

— É a princesinha? — perguntou-me o pai.
— É
— Será que tu a conheces?
— Vi-a esta manhã na casa da velha princesa.

Meu pai parou e, virando-se energicamente nos calcanhares, tomou o caminho de volta. Ao aproximar-se de Zinaída, saudou-a com polidez. Ela também o cumprimentou, com certo espanto no rosto, e abaixou o seu livro. Vi-a acompanhar meu pai com os olhos. Ele sempre se vestia com muito requinte, originalidade e simplicidade, mas nunca seu corpo me parecera tão

---

[12] O que sou para ela? (em francês).

enxuto, nunca seu chapéu cinza ficara tão elegante sobre os seus cabelos que rareavam apenas um pouco.

Eu ia acercar-me de Zinaída, mas ela nem sequer olhou para mim, levantou novamente o livro e foi embora.

VI

Passei toda a tarde e toda a manhã seguinte numa espécie de estupor melancólico. Lembro como tentei estudar e abri o livro de Kaidânov, porém as linhas e páginas espaçadas do famoso manual revezavam-se em vão ante meus olhos. Li, umas dez vezes a fio, as palavras: "Júlio César destacava-se pelo seu denodo bélico", não entendi patavina e larguei o livro. Pouco antes do almoço voltei a passar brilhantina em meus cabelos e vesti outra vez minha sobrecasaca e a gravata.

— Para que é isso? — indagou a mãezinha. — Ainda não és estudante, e sabe lá Deus se serás aprovado no vestibular. E não faz muito tempo que tens essa jaqueta. Não podes jogá-la fora!

— Mas nós teremos uma visita — cochichei, quase desesperado.

— Bobagem! Que visita é essa?

Cumpria-me obedecer. Substituí a sobrecasaca pela jaqueta, mas não retirei a gravata. A princesa e sua filha vieram meia hora antes do almoço; a velha pusera um xale amarelo, por cima do vestido verde que eu já conhecia, e uma touca antiquada com fitas da cor de fogo. De imediato, começou a falar sobre as suas cambiais, suspirando, queixando-se da sua pobreza, choramingando, mas sem manifestar nenhuma arrogância: cheirava o tabaco com o mesmo ruído e revirava-se, com a mesma desenvoltura, em sua cadeira. Parecia que seu título principesco nem lhe passava pela cabeça. Por outro lado, Zinaída se comportava de maneira bem rígida, quase altiva, como uma verdadeira princesa. Seu rosto estava friamente imóvel, aparentava soberba, e eu não a reconhecia, não reconhecia os olhares nem o sorriso dela, conquanto a achasse igualmente encantadora com esse seu novo aspecto. Ela usava um leve vestido de *barège*[13] com ramagens azul-claro; as mechas compridas de seus cabelos desciam ao longo das suas faces, à moda inglesa, e tal penteado combinava bem com a expressão fria de seu semblante. No decorrer do almoço, meu pai estava sentado perto dela e entretinha a moça com sua costumeira amabilidade graciosa e calma. Por vezes olhava para ela, e Zinaída também o mirava, de vez em quando, de modo muito estranho, quase hostil. Zinaída conversava com ele em francês; lembro que fiquei admirado com a pureza da sua pronúncia. Quanto à velha princesa, ela não se constrangia com nada, durante o almoço, comia muito e elogiava os pratos. Pelo visto, estava incomodando a mãezinha, que lhe respondia com certo desdém tristonho, e, vez por outra, o pai franzia levemente o sobrolho. Zinaída tampouco agradava a mãezinha.

---

[13] Tecido fino de algodão, lã ou seda (em francês).

— Ela é toda orgulhosa — disse ela no dia seguinte. — E se tivesse, ao menos, com que se orgulhar *avec sa mine de grisette!*[14]

— Decerto não viste aquelas grisetes — retrucou o pai.

— Graças a Deus!

— Bem entendido, graças a Deus... mas como podes julgar a respeito delas?

Zinaída não me deu a mínima atenção. Logo depois do almoço a velha princesa se despediu de nós.

— Vou contar com a sua proteção, Maria Nikoláievna e Piotr Vassílytch — disse, com uma voz cantante, aos meus pais. — Fazer o quê? Os velhos tempos passaram. Eu cá sou uma Alteza — acrescentou com um riso desagradável —, mas não tem o que cantar quem não tem o que papar.

Cumprimentando-a cortesmente, meu pai a acompanhou até a porta da casa. Eu estava ali mesmo, com minha jaqueta curtinha, e olhava para o chão como um condenado à morte. O tratamento que Zinaída me dispensara acabou comigo. Qual não foi, pois, o meu pasmo quando, ao passar na minha frente, ela me cochichou bem depressa e com a mesma expressão carinhosa dos olhos:

— Venha à nossa casa, às oito horas, ouviu? Venha sem falta.

---

[14] Com sua cara de grisete (em francês); *grisette* era a denominação de uma jovem parisiense, frequentemente uma artesã, que levava uma vida independente e, não raro, desregrada.

Apenas movi os braços... mas ela já tinha ido embora, pondo uma echarpe branca em sua cabeça.

VII

Às oito horas em ponto, de sobrecasaca e com um topete espetado, entrei na antessala da casa dos fundos onde morava a princesa. O velho criado lançou-me uma olhada soturna e levantou-se, a contragosto, do seu banco. Na sala de estar ouviam-se umas vozes alegres. Abri a porta e recuei espantado. No meio da sala, de pé em cima de uma cadeira, a princesinha segurava na sua frente um chapéu masculino; cinco homens se comprimiam em volta dela. Eles tentavam meter as mãos naquele chapéu, mas a princesinha erguia-o bem alto e sacudia-o com força. Ao avistar-me, ela exclamou:

— Esperem, esperem! Veio um novo convidado, temos que dar um bilhete a ele também — e, pulando ligeiramente da cadeira, puxou-me pela manga da sobrecasaca. — Vamos, então — disse ela. — Por que está parado? *Messieurs*, permitam apresentar-lhes *monsieur* Voldemar, filho de nosso vizinho. E estes — acrescentou, dirigindo-se a mim e apontando, um por um, seus amigos — são o Conde Malêvski, o Doutor Lúchin, o poeta Maidânov, o capitão reformado Nirmátski e Belovzórov, o hussardo que você já viu. Com muito prazer.

Fiquei tão confuso que nem sequer cumprimentei a ninguém. Reconheci no Doutor Lúchin aquele senhor moreno que me envergonhara, de forma tão inclemente, no jardim; os outros me eram desconhecidos.

— Conde! — prosseguiu Zinaída. — Escreva um bilhete para *monsieur* Voldemar.

— É injusto — respondeu, com um leve sotaque polonês, o conde, um homem muito bonito e elegante, de cabelos escuros, olhos castanhos e bem expressivos, narizinho estreito e branco e fino bigode sobre uma boca minúscula. — Ele não brincou conosco de multas.

— Injusto — repetiram Belovzórov e o senhor chamado de capitão reformado, um quarentão repugnantemente bexiguento, crespo que nem um negro, de dorso meio curvado e pernas tortas, que trajava uma túnica militar desabotoada e sem dragonas.[15]

— Escreva o bilhete, digo-lhe — insistiu a princesinha. — Que rebelião é essa? *Monsieur* Voldemar está conosco pela primeira vez e hoje não há leis para ele. Deixe de resmungar e escreva, assim eu quero.

O conde encolheu os ombros, mas inclinou docilmente a cabeça, pegou uma pena com sua mão branca e enfeitada de anéis, destacou um pedacinho de papel e começou a escrever nele.

— Deixe-me, pelo menos, explicar a *monsieur* Voldemar de que se trata — disse, com uma voz escarninha, Lúchin —, pois ele ficou totalmente perdido.

---

[15] Pala ornada de franjas de ouro que os militares usam em cada ombro.

Está vendo, meu jovem, a gente brincava de multas; a princesa foi multada, e quem tirar agora o bilhete da sorte terá o direito de beijar a mãozinha dela. Você entendeu o que eu lhe disse?

Apenas olhei para ele, permanecendo como que entorpecido, e a princesinha se pôs novamente em cima da cadeira e voltou a sacudir o chapéu. Todos estenderam os braços em sua direção, eu também.

— Maidânov — disse a princesinha a um alto jovem de rosto magro, que tinha pequenos olhos míopes e cabelos negros e extremamente compridos —, você, como um poeta, deve ser complacente e ceder o seu bilhete a *monsieur* Voldemar para que ele tenha duas chances em vez de uma só.

Todavia, Maidânov fez um gesto negativo com a cabeça e agitou sua cabeleira. Assim, enfiei por último minha mão no chapéu, tomei um bilhete e abri-o... Meu Deus, o que se fez comigo, quando vi naquele bilhete a palavra "beijo"!

— Beijo! — exclamei sem querer.

— Bravo! Ele ganhou — concluiu a princesinha. — Como estou contente! — Ela desceu da cadeira e fitou-me, bem nos olhos, tão clara e docemente que meu coração deu um salto. — E você está contente? — perguntou-me ela.

— Eu?... — balbuciei.

— Venda-me seu bilhete — grasnou, de repente, Belovzórov ao meu ouvido. — Eu lhe darei cem rublos.

Respondi ao hussardo com um olhar tão indignado que Zinaída bateu as palmas e Lúchin exclamou: "Eta, bichão!".

— Mas — continuou ele — eu, como mestre de cerimônias, tenho de observar o cumprimento de todas as regras. Ponha-se num joelho, *monsieur* Voldemar. Assim é que a gente costuma fazer.

Zinaída se postou diante de mim, inclinou um pouco a cabeça para um lado, como que para me ver melhor, e estendeu-me, com altivez, sua mão. Meus olhos turvaram-se; em vez de me pôr num joelho, tombei em ambos, e meus lábios roçaram nos dedos de Zinaída de modo tão desastrado que sua unha arranhou de leve a ponta do meu nariz.

— Ótimo! — bradou Lúchin e ajudou-me a ficar em pé.

A brincadeira continuava. Zinaída fez que eu me sentasse ao seu lado. Que multas divertidas ela inventava! Teve, aliás, de representar uma "estátua" e escolheu como pedestal o horroroso Nirmátski, mandando que se deitasse de bruços e, para completar, curvasse a cabeça até o peito. As gargalhadas não cessavam um só instante. Quanto a mim, garoto criado num ambiente recolhido e sóbrio, que crescera numa família séria e nobre, todo aquele barulho e gritaria, toda aquela insolente, quase tempestuosa alegria, todas aquelas inéditas relações com pessoas desconhecidas subiram-me à cabeça. Senti-me simplesmente estonteado, como se tivesse bebido vinho. Passei a gargalhar e a tagarelar mais alto que os outros, de sorte que até a velha princesa, sentada no quarto vizinho com um feitor do portão Ivêrski[16] chamado para uma consulta, veio olhar para mim. Mas eu estava feliz a tal ponto que, como se diz, não ligava a mínima para quaisquer caçoadas nem me importava com nenhum olhar de soslaio. Zinaída insistia em demonstrar-me a sua preferência e não deixava que me afastasse dela. Uma das multas consistia em sentar-me pertinho da moça, cobrindo-nos com o mesmo lenço de seda: devia contar-lhe então um segredo meu. Lembro como as nossas cabeças mergulharam, de súbito, numa escuridão abafada, translúcida e cheirosa, como seus olhos luziam, tão próximos e suaves, naquela escuridão e seus lábios abertos exalavam um quente alento e seus dentes se exibiam e as pontinhas de seus cabelos me cocegavam e abrasavam. Estava calado. Ela sorria, brejeira e misteriosa, e acabou cochichando: "Pois então?", e eu apenas enrubescia e ria e virava a cara e quase perdia o fôlego. Cansados das multas, fomos brincar de cordinha. Meu Deus, que êxtase eu senti quando, distraído, recebi dela uma forte e brusca pancada nos dedos, e depois me fingi, várias vezes, de distraído, enquanto ela nem tocava, provocando-me, nas mãos que eu lhe oferecia!

E não foram tão só essas coisas que fizemos ao longo da noite! Tocamos piano, cantamos, dançamos, representamos um bando de ciganos. Fantasiamos

---

[16] Um dos portões do Kremlin, perto do qual se reuniam, na época, muitos comerciantes e agentes de negócios.

Nirmátski de urso e demos-lhe água com sal. O Conde Malêvski mostrou-nos diversos truques com cartas e acabou por mesclar o baralho e pegar para si mesmo todos os trunfos do jogo, dizendo Lúchin que "tinha a honra de felicitá-lo" por isso. Maidânov nos declamou trechos do seu poema "Assassino" (estávamos bem no ápice do romantismo) que pretendia editar numa capa preta com o título em letras maiúsculas da cor de sangue. Furtamos o chapéu que o feitor do portão Ivêrski pusera em seu colo e obrigamo-lo a dançar o cossaquinho[17] para resgatar esse seu acessório. Colocamos uma touquinha feminina na cabeça do velho Vonifáti, e a própria princesinha pôs um chapéu masculino... Não dá para listar todas as brincadeiras. Apenas Belovzórov se mantinha num canto, sombrio e aborrecido... Às vezes, seus olhos ficavam vermelhos de sangue, ele enrubescia todo e parecia prestes a atacar os companheiros e a jogar nós todos, como lascas de madeira, para todos os lados; entretanto, a princesinha olhava para ele, ameaçava-o com o dedo, e ele se recolhia logo no seu canto.

Sentimo-nos, finalmente, exaustos. Mesmo a velha princesa que era, segundo uma expressão dela, "uma mulheraça" — nenhum grito a deixaria confusa! — cansou-se também e quis repousar. Por volta da meia-noite foi servido o jantar composto de um pedaço de queijo velho e seco e uns pasteizinhos frios de presunto

---

[17] Dança folclórica russa.

picado, que me pareceram mais saborosos que quaisquer patês. Houve apenas uma garrafa de vinho, e era uma garrafa meio estranha — escura, de gargalo inchado e com cheirinho de tinta rosa; aliás, ninguém bebeu aquele vinho. Cansado e feliz ao extremo, saí da casa dos fundos; Zinaída se despedira de mim com um forte aperto de mão e mais um sorriso misterioso.

A noite lançou seu alento pesado e úmido no meu rosto ardente; parecia que vinha uma tempestade: as nuvens negras cresciam e rastejavam pelo céu, mudando, a olhos vistos, seus contornos fumosos. Um leve vento estremecia, inquieto, entre as árvores escuras, e, como que falando consigo mesmo, um trovão rosnava, bruta e surdamente, nalgum lugar bem distante, além do próprio firmamento.

Esgueirei-me até o quarto pela entrada dos fundos. Meu criado dormia no chão, tive de passar por cima dele; uma vez acordado, ele me viu e comunicou que a mãezinha se zangara comigo de novo e quisera mandá-lo trazer-me, mas o meu pai a retivera. (Nunca me deitava sem antes desejar boa-noite à minha mãe e pedir sua bênção). O que faria com isso?

Respondi ao criado que me despiria e deitaria sozinho e apaguei a vela. Contudo, não tirei a roupa nem me deitei.

Sentado numa cadeira, passei muito tempo como que enfeitiçado. Aquilo que vivenciava era tão novo e tão doce! Permanecia sentado, sem me mover, apenas olhava para os lados, respirava bem devagar e, de vez em quando, ora ria baixinho com minhas recordações ora sentia um frio por dentro, pensando que estava apaixonado, que era assim, que era o amor. O rosto de Zinaída surgia silenciosamente nas trevas, pairava na minha frente e não desaparecia: seus lábios sorriam, misteriosos, seus olhos me fitavam um tanto de esguelha, indagadores, meditativos e ternos... como naquele momento em que me despedira dela. Por fim, levantei-me, fui nas pontas dos pés até a minha cama e, sem me despir, coloquei a cabeça no travesseiro, bem cautelosamente, como se temesse perturbar, com um movimento brusco, aquilo que me transbordava...

Deitei-me, mas nem sequer fechei os olhos. Pouco depois vislumbrei alguns fracos reflexos que iluminavam, o tempo todo, meu quarto. Soerguendo-me, olhei pela janela. Seu caixilho se distinguia nitidamente dos vidros que alvejavam vaga e misteriosamente. "A tempestade" — pensei, e era, de fato, uma tempestade que passava tão longe que nem se ouviam as trovoadas; apenas os raios pálidos, compridos e como que ramificados fulguravam amiúde no céu, e nem tanto fulguravam quanto tremiam convulsamente, como a asa de uma ave moribunda. Uma vez em pé, acheguei-me à janela e fiquei lá parado até o amanhecer... Os raios não cessavam de rutilar por um só instante; era, como se diz no meio popular, uma noite dos pardais. Eu mirava o mudo campo de areia, a massa obscura do parque Neskútchny, as fachadas amareladas dos prédios longínquos que também pareciam tremelicar após cada fraco clarão... mirava-os e não conseguia desviar os olhos: aqueles mudos relâmpagos, aquela cintilação recatada como que respondiam aos silenciosos impulsos secretos que me alumiavam da mesma maneira por dentro. O dia raiou, avistaram-se manchas rubras da aurora. À medida que o sol se aproximava, os raios se tornavam mais breves e pálidos, surgiam cada vez mais raros e, afinal, desapareceram, vencidos pela refrescante e indubitável luz do dia nascente...

E meus relâmpagos também se apagaram em mim. Senti um imenso cansaço e calma... porém a exultante imagem de Zinaída continuava a pairar, em silêncio, sobre a minha alma. Apenas ela mesma, essa imagem, aparentava serenidade: como um cisne que se desprende a voar das ervas de um pântano, ela se afastara das outras figuras que a cercavam, feiosas, e pela última vez eu a abracei, adormecendo, com uma adoração confiante da despedida...

Ó meigos sentimentos, suaves sons, bondade e sossego da alma enternecida, ó alegria derretida das primeiras comoções do amor, onde estão, onde estão?

VIII

Na manhã seguinte, quando desci para tomar chá, a mãezinha me censurou — de resto, menos do que eu esperava — e fez-me contar como tinha passado a noite anterior. Respondi-lhe em poucas palavras, omitindo vários detalhes e procurando dar àquilo tudo a aparência mais ingênua.

— Ainda assim, elas não são *comme il faut*[18] — notou a mãezinha —, portanto não deves andar por ali em vez de te preparar para o vestibular e de estudar.

Como eu já sabia que a preocupação da mãezinha com meus estudos se limitaria a essas breves palavras, não achei necessário contradizê-la. Contudo, após o chá, o pai me tomou pelo braço e, indo comigo ao jardim, obrigou-me a contar tudo o que eu tinha visto na casa de Zassêkina.

O pai exercia uma estranha influência sobre mim, e nossas relações, em geral, eram estranhas. Ele quase não se ocupava de minha educação, mas nunca me ofendia; ele respeitava a minha liberdade e mesmo estava, se é permitido dizer assim, cortês comigo... Entretanto, não deixava que eu me aproximasse dele. Eu o amava, eu o admirava, eu o considerava um homem exemplar — e com quanta paixão me apegaria ao pai, meu Deus, se não sentisse constantemente a sua mão que me afastava! Em compensação, quando ele queria isso, sabia quase num átimo, com uma só palavra, um só movimento, despertar em mim uma confiança ilimitada. Minha alma se abria, e eu conversava com ele da mesma forma que conversaria com um sensato amigo ou um mentor indulgente... Depois ele me abandonava de chofre, e sua mão me afastava de novo — branda e carinhosamente, mas afastava.

Por vezes, meu pai se tornava alegre e estava prestes a brincar comigo e a traquinar como um garoto (ele

---

[18] Pessoas decentes (em francês).

gostava de qualquer forte movimento corporal); uma vez — sim, uma vez só! — afagou-me com tanta ternura que quase chorei! Mas sua alegria e seu carinho desapareciam sem deixar rastros, e aquilo que se passava então entre nós não me gerava nenhuma esperança voltada para o futuro, como se eu visse tudo em sonhos. Quando me punha a mirar, ocasionalmente, seu rosto inteligente, bonito e luminoso... meu coração palpitava e todo o meu ser se direcionava a ele... contudo, o pai parecia intuir o que se dava comigo, alisava-me de passagem a face e ora se retirava ora se ocupava de alguma coisa ou ficava, de supetão, todo rígido, daquela maneira que só ele sabia enrijecer, e eu também me contraía todo e congelava. Seus raros acessos de simpatia nunca vinham proporcionados pelos meus rogos silenciosos, mas inteligíveis: surgiam sempre de improviso. Refletindo mais tarde na índole do meu pai, cheguei à conclusão de que ele não se importava comigo nem com a vida conjugal; ele gostava de outras coisas e acabou por usufruí-las plenamente. "Apanha, tu mesmo, o que puderes, porém não deixes que te apanhem; pertencer a si próprio, eis toda a manha da vida" — disse-me ele um dia. Outro dia eu, jovem democrata que era, rompi a deliberar, em sua presença, a respeito da liberdade (daquela feita ele estava, como eu mesmo dizia, "bonzinho", ou seja, podia-se falar com ele sobre qualquer assunto).

— Liberdade — repetiu o pai. — Por acaso, tu sabes o que pode dar liberdade ao homem?

— O quê?

— Vontade, a própria vontade dele que dá também o poder, e o poder é melhor ainda que a liberdade. Sabe querer e viverás livre, e ficarás no comando.

Antes de tudo e acima de tudo meu pai queria viver — e vivia... talvez estivesse pressentindo que não gozaria "a manhã" da vida por muito tempo: ele morreu aos quarenta e dois anos.

Relatei detalhadamente ao pai minha visita à casa de Zassêkina. Sentado num banco, ele me escutava meio atento e meio distraído, desenhando na areia com a ponta de sua vergasta. De vez em quando, soltava risadinhas, olhava para mim de um jeito franco e engraçado e incitava-me com suas breves perguntas e objeções. A princípio, eu não ousava pronunciar nem sequer o nome de Zinaída, mas não me contive e comecei a elogiá-la. O pai continuava a sorrir. Depois ficou pensativo, esticou os braços e pôs-se em pé.

Lembrei que, saindo de casa, ele mandara selar um cavalo. Era um ótimo cavaleiro e sabia, bem antes do Senhor Rerey,[19] adestrar os corcéis mais selvagens.

— Eu vou contigo, papai? — perguntei-lhe.

— Não — respondeu ele, e seu rosto tomou a costumeira expressão de carinhosa indiferença. — Passeia sozinho, se quiseres, e diz ao cocheiro que não vou cavalgar.

O pai me virou as costas e, rápido, foi embora. Acompanhando-o com os olhos, vi-o sumir detrás do

---

[19] Jóquei norte-americano que se tornou muito conhecido na Europa nos anos 1850.

portão. Vi o seu chapéu se mover ao longo da cerca: ele entrou na casa de Zassêkina. Permaneceu lá, no máximo, uma hora, mas logo depois foi à cidade e regressou à chácara somente de tardezinha.

Após o almoço eu mesmo fui à casa de Zassêkina. Na sala de estar encontrei apenas a velha princesa. Vendo-me, esta coçou a cabeça, sob a touca, com sua agulha de tricô e repentinamente me perguntou se eu podia copiar uma solicitação para ela.

— Com prazer — respondi e sentei-me na ponta de uma cadeira.

— Só veja se põe letras grandes — disse a princesa, entregando-me uma folha rabiscada. — Não poderia ser hoje, meu queridinho?

— Copiarei hoje mesmo, sim.

A porta do quarto vizinho entreabriu-se, e o semblante de Zinaída surgiu na fresta — pálido, meditativo, de cabelos jogados, desleixadamente, para trás. Ela me fitou com seus grandes olhos frios e fechou devagar a porta.

— Zina, hein, Zina! — chamou a velha.

Zinaída não respondeu. Levei a solicitação da velha princesa comigo e passei a tarde inteira a copiá-la.

IX

Minha "paixão" começou naquele dia. Lembro-me de ter sentido então algo semelhante ao que deve sentir uma pessoa que acaba de arranjar um emprego: deixara de ser apenas um jovem, era um jovem apaixonado.

Disse que minha "paixão" datava daquele dia; poderia acrescentar que os meus sofrimentos também remontavam a ele. Andava angustiado na ausência de Zinaída: nada me vinha à mente, tudo me caía das mãos; eu pensava intensamente nela por dias inteiros. Andava angustiado, sim... porém na presença dela não me sentia melhor. Padecia de ciúmes, compreendia a minha nulidade, zangava-me e humilhava-me como um tolo; ainda assim, uma força irresistível me atraía a ela e, toda vez que eu atravessava a soleira do seu quarto, era com um tremor involuntário da felicidade. Zinaída logo adivinhou que me apaixonara por ela (de resto, eu nem pensava em esconder isso), passando a brincar com a minha paixão, a caçoar de mim, a mimar-me, a torturar-me. É doce ser a única fonte, a despótica e submissa razão das maiores alegrias e dos mais profundos pesares de outrem — e eu estava feito uma dócil cera nas mãos de Zinaída. Não fora só eu, aliás, quem se enamorara dela: todos os homens que frequentavam a sua casa estavam loucos por Zinaída, e ela os mantinha todos, como que atrelados, aos seus pés. Achava graça em suscitar-lhes ora esperanças ora receios, em manipulá-los conforme o seu capricho (ela chamava isso de "bater os homens um contra o outro"), e eles nem cogitavam em resistir e rendiam-se à moça com todo o gosto. Havia, em todo o seu ser vivaz e lindo, uma mistura especialmente sedutora de astúcia e leviandade, de artifíce e simplicidade, de sossego e turbulência; um charme fino e airoso pairava sobre tudo o que ela fazia ou dizia, sobre cada movimento dela; uma singular força gracejadora manifestava-se em tudo. E seu semblante também gracejava, mudando sem trégua e exprimindo, quase ao mesmo tempo, malícia, meditação e ardor. Os mais diversos sentimentos, ligeiros e rápidos como as sombras das nuvens num dia ensolarado e ventoso, deslizavam-lhe volta e meia nos olhos e lábios.

Ela precisava de cada um dos seus admiradores. Belovzórov, que ela chamava, às vezes, de "meu bicho" ou simplesmente de "meu", saltaria com gosto às chamas por ela; sem contar muito com as suas faculdades mentais e outras vantagens, ele não cessava de oferecer-lhe o matrimônio, aludindo que todos os demais só falavam à toa. Maidânov correspondia às cordas poéticas de sua alma: um homem bastante frio, como quase todos os escritores, assegurava intensamente a ela ou, talvez, a si próprio que a adorava, cantava a moça em seus versos intermináveis e lia-os para ela com um arroubo antinatural e, ao mesmo tempo, sincero. Zinaída tinha piedade dele e ria um tanto de sua cara; dava pouco crédito às suas expansões e, ao escutá-las até dizer chega, obrigava o poeta a ler Púchkin[20] para limpar, como ela dizia, os ares. Lúchin, um médico zombeteiro e cínico em suas falas, conhecia-a melhor que todo mundo e gostava dela

---

[20] Alexandr Serguéievitch Púchkin (1799–1837): o maior poeta russo do século XIX, criador da língua russa contemporânea; autor de novelas *A dama de espadas* e *A filha do capitão*, além da obra dramática *Pequenas tragédias*.

mais que todos, embora a reprovasse às ocultas e às escâncaras. Ela respeitava Lúchin, mas não o poupava e, vez por outra, fazia-o sentir, com um especial prazer malicioso, que ele também estava em suas mãos. "Sou uma coquete, não tenho coração, sou uma atriz por natureza" — disse-lhe, um dia, na minha presença. — "Ah, bem! Então me dê sua mão, que eu enfiarei nela um alfinete e você terá vergonha desse rapaz; digne-se, pois, a rir, seu amante da verdade, por mais que lhe doa". Lúchin enrubesceu, virou-lhe as costas, mordiscou os lábios, mas acabou estendendo a mão. Zinaída picou sua mão, e ele se pôs realmente a rir... e ela ria também, enfiando bastante fundo o alfinete e fitando-o bem nos olhos que procuravam em vão esquivar-se...

As relações que eu menos compreendia eram as que existiam entre Zinaída e o Conde Malêvski. Esse homem era bonito, expedito e inteligente, mas algo suspeito, algo falso se revelava nele até para mim, um garoto de dezesseis anos, e surpreendia-me o fato de Zinaída não reparar nisso. Ou, quem sabe, ela percebia tal falsidade e não a repugnava. Uma educação errada, seus estranhos conhecidos e hábitos, a constante presença da mãe, a pobreza e a desordem de sua casa — tudo, a começar pela própria liberdade que desfrutava a moça, pela consciência de sua primazia em relação às pessoas que a rodeavam, desenvolvera nela certa negligência meio desdenhosa e certa indiferença. Ocorresse o que ocorresse — viesse Vonifáti para informar que não havia mais açúcar, despontasse algum boato ruim, estivessem brigando os seus visitantes — ela sacudia apenas suas madeixas, dizia: "Bobagem!" e não se encabulava mais com o ocorrido.

Por outro lado, todo o meu sangue entrava em ebulição quando Malêvski se acercava dela com sua postura astuciosa e andar vacilante de uma raposa, apoiava-se, elegantíssimo, no espaldar da sua cadeira e começava a cochichar algo ao seu ouvido, sorrindo de modo fátuo e bajulador, enquanto ela cruzava os braços sobre o peito, olhava atentamente para o conde, sorria por sua vez e abanava a cabeça.

— Que vontade é essa de receber o Senhor Malêvski? — perguntei-lhe um dia.

— É que ele tem um bigodinho tão lindo — respondeu Zinaída. — Aliás, isso não é da sua conta.

— Não pensa porventura que amo esse Malêvski? — disse-me ela noutra ocasião. — Não; não posso amar a quem tenho de olhar de cima para baixo. Preciso de um homem que me arrebente... Mas Deus é misericordioso, não vou encontrar um homem assim! Não cairei nas mãos de ninguém, não e não!

— Quer dizer que não amará nunca?

— E você mesmo? Será que não o amo? — disse ela e bateu com a pontinha de sua luva no meu nariz.

Sim, Zinaída me escarnecia muito. Via-a todo dia, ao longo de três semanas, e que coisas, que coisas ela fazia comigo! Vinha raramente à nossa casa, mas isso não me entristecia: conosco ela se transformava numa senhorita, numa jovem princesa, e eu me mantinha a distância. Temia trair os meus sentimentos diante da mãezinha que não demonstrava um pingo de simpatia por Zinaída, observando-nos com hostilidade. Não tinha tanto medo do pai: ele parecia nem reparar em mim; quanto à moça, conversava com ela pouco, mas de uma maneira especialmente arguta e significante. Deixei de estudar e de ler; deixei até mesmo de passear pelas redondezas e de andar a cavalo. Como um besouro amarrado por uma perna, girava o tempo todo em torno da amada casinha dos fundos: parecia-me que ficaria ali para todo o sempre... mas isso não era possível, pois a mãezinha resmungava comigo e, vez por outra, a própria Zinaída me expulsava. Então me enclausurava no meu quarto ou ia para a extremidade longínqua do jardim, galgava as ruínas de uma alta estufa de pedra e, pendendo-me as pernas no vazio, permanecia horas esquecidas sentado em cima do muro que se voltava para a estrada e olhava, olhava sem ver nada. As indolentes borboletas brancas esvoaçavam, ao meu lado, sobre as poeirentas urtigas; um pardal corajoso pousava pertinho, num tijolo vermelho e meio rachado, e gorjeava, irritado, virando incessantemente o corpo todo e abrindo sua caudinha. Ainda desconfiadas, as gralhas grasnavam, de vez em quando, pousadas bem alto, no topo desnudo de uma bétula; o sol e o vento brincavam, silenciosos, entre os galhos escassos desta, e o tilintar dos sinos do mosteiro Donskoi vinha, por momentos, tranquilo e lúgubre — e eu olhava e escutava, sentado lá, enchendo-me todo de uma sensação anônima em que havia de tudo: tristeza, alegria, antevisão do futuro, desejo e medo de viver. Mas não entendia nada, àquela altura, nem poderia definir nada daquilo que fermentava em mim, ou então definiria aquilo tudo com um só nome, o nome de Zinaída.

E Zinaída continuava a brincar comigo, igual a uma gata que brinca com um rato. Ora coqueteava diante de mim, emocionado e enternecido, ora me repelia de súbito, e eu não me atrevia mais a chegar perto dela, não ousava lançar-lhe uma olhada.

Lembro que fiquei todo tímido por ela me ter tratado, durante alguns dias seguidos, com muita frieza. Dando um pulinho à casa dos fundos, buscava permanecer, medroso, junto da velha princesa, conquanto esta esbravejasse e xingasse muito nesse exato momento: seus negócios de câmbio iam mal, e ela já aturara duas explicações com o delegado.

Um dia, eu passava rente à bem conhecida cerca do jardim e vi Zinaída: ela estava sentada na relva, apoiando-se em ambas as mãos, e não se movia. Já ia retirar-me prudentemente, mas ela ergueu de chofre sua cabeça e chamou-me com um gesto imperativo. Fiquei imóvel, sem a ter entendido na hora. Ela repetiu o seu gesto. Saltei, de imediato, a cerca e corri, todo alegre, em direção à moça, mas Zinaída me fez parar com uma olhada e apontou-me uma vereda a dois passos dela. Confuso, sem saber o que fazer, ajoelhei-me na margem dessa vereda. A princesinha estava tão pálida, cada traço seu denotava tanta tristeza amarga e tanto cansaço profundo que meu coração se cerrou, e eu murmurei sem querer:

— O que tem?

Zinaída estendeu a mão, pegou uma ervinha, mordiscou-a e jogou-a fora, bem longe.

— Você me ama muito? — perguntou afinal. — Sim?

Eu não respondi nada. Aliás, por que precisaria responder?

— Sim — repetiu ela, continuando a olhar para mim. — É isso mesmo. Os mesmos olhos — acrescentou, pensativa, e tapou o rosto com as mãos. — Estou farta de tudo — sussurrou então —, iria aos confins do mundo, não posso suportar isso, não consigo. E o que me espera pela frente? Ah, quanto peso! Meu Deus, quanto peso!

— Por quê? — perguntei com timidez.

Zinaída não me respondeu, apenas deu de ombros. Ainda de joelhos, mirava-a com muito pesar. Cada palavra dela perpassava o meu coração. Naquele momento teria sacrificado, com gosto, a minha vida para que ela não se afligisse mais. Olhava para Zinaída e, sem entender, todavia, que peso ela tinha em vista, imaginava claramente como, tomada de uma tristeza súbita e irrefreável, viera ao jardim e caíra no solo como ceifada. Havia luz e verdor à nossa volta; o vento farfalhava entre as folhas das árvores, balançando por vezes um comprido ramo da moita de framboesa sobre a cabeça de Zinaída. Os pombos arrulhavam algures, e as abelhas zuniam a voar roçando na relva rala. O céu azulava, carinhoso, ali no alto, e eu estava tão triste...

— Leia-me alguns versos — pediu Zinaída, a meia-voz, e apoiou-se num cotovelo. — Gosto de ouvi-lo ler versos. Você está cantando, mas isso não faz mal, é coisa de jovem. Leia-me "Nos altos montes georgianos".[21] Mas, primeiro, sente-se.

Eu me sentei e li "Nos altos montes georgianos".

— "De não poder deixar de amar-te" — repetiu Zinaída. — Eis o que torna a poesia boa: ela nos diz algo que não existe e que não só é melhor daquilo que existe, mas até mais se parece com a verdade... "De não poder deixar de amar-te", ou seja, queria deixar de amar, mas não pode! — Ela se calou de novo e repentinamente se animou e ficou em pé. — Vamos. Maidânov está com a mãezinha: ele me trouxe seu poema, e eu o deixei sozinho. Ele também está triste agora... fazer o quê? Um dia você saberá... apenas não se zangue comigo!

Zinaída me apertou, apressada, a mão e foi correndo embora. Voltamos para a casinha dos fundos. Maidânov se pôs a ler para nós o seu "Assassino" que acabava de ser impresso, mas eu não o ouvia. Ele

---

[21] Antológico poema de Alexandr Púchkin (tradução de Oleg Almeida):
A escuridão noturna jaz
Nos altos montes georgianos.
O Aragva suas águas traz,
Ruidoso. Tristes são, mas lhanos
Meus sonhos. A tristeza luz,
E, vendo-te por toda a parte,
Carrego minha doce cruz
De não poder deixar de amar-te.

bradava, de maneira cantante, seus iambos[22] de quatro pés, as rimas se revezavam e retiniam como guizos, sonoras e ocas, e eu não cessava de olhar para Zinaída, procurando compreender o significado das suas últimas palavras.

— Ou meu rival dissimulado / Talvez te tenha conquistado? — exclamou, de repente, Maidânov com um eco nasal, e meus olhos encontraram os de Zinaída. Ela abaixou o olhar. Vi-a corar levemente e gelei de susto. Já vinha sentindo ciúmes dela, mas tão somente naquele minuto fulgiu em minha cabeça uma ideia aterradora: "Meu Deus! Ela ama alguém!".

X

Meus verdadeiros sofrimentos começaram naquele momento. Quebrava-me a cabeça, pensava, cismava e observava Zinaída — o tempo todo, mas, na medida do possível, às escondidas. Uma mudança se operara nela, isso era evidente. Ela ia passear sozinha, e passeava por muito tempo. De vez em quando, não aparecia perante os seus convidados, permanecendo horas inteiras no seu quarto. Nunca fizera isso antes. De improviso, eu fiquei — ou então imaginei ter ficado — cheio de perspicácia. "Seria este? Ou seria aquele?" — perguntava a mim mesmo, ao passo que meu pensamento alarmado pulava de um dos admiradores dela para o outro.

---

[22] Tradicionais versos russos cuja estrutura remonta à métrica greco-latina.

O Conde Malêvski (se bem que tivesse vergonha de reconhecer que Zinaída podia amá-lo) parecia-me, no íntimo, mais perigoso que os outros homens.

Minha perspicácia não se estendia além do meu nariz e minha discrição não enganara, provavelmente, a ninguém; o Doutor Lúchin, ao menos, desmascarou-me logo. Aliás, ele também havia mudado nos últimos tempos: emagrecera, ria com tanta frequência que antes, porém de maneira mais surda, maldosa e breve, tendo uma irritabilidade nervosa e espontânea substituído a leve ironia e o falso cinismo que ele nos demonstrara.

— Para que é que rasteja o tempo todo por aqui, meu jovem? — indagou ele, um dia, quando ficamos a sós na sala de estar de Zassêkina. (A princesinha ainda não voltara do seu passeio, e a estridente voz da princesa ressoava no mezanino: ela brigava com a sua criada). — Deveria estudar, trabalhar, enquanto é novo, e você faz o quê?

— Você não pode saber se estou trabalhando em casa — redargui com certa arrogância, mas sem embaraço algum.

— Que trabalho é esse? Tem outras coisas em mente. Pois bem, não estou discutindo... na sua idade, isso é natural. Mas sua escolha é muito azarada. Não vê porventura em que casa estamos?

— Não o compreendo — notei eu.

— Não compreende? Pior para você. Tenho por dever avisá-lo. Nós, os velhos solteirões, podemos vir para cá: o que nos pode acontecer? Somos um povo curtido, nada nos afetará, e você tem uma pelezinha frágil ainda, o ar daqui é nocivo para você. Acredite que pode contagiar-se.

— Como assim?

— Assim mesmo. Está saudável agora? Encontra-se num estado normal? Aquilo que está sentindo é útil, é bom para você?

— Mas o que estou sentindo? — disse eu, conquanto entendesse, no âmago, que o doutor tinha razão.

— Ah, meu jovem, meu jovem — prosseguiu o doutor com uma expressão escarninha, como se nessas duas palavras houvesse algo bem ofensivo para mim —, de que jeito me enganaria, desde que, graças a Deus, ainda tem o mesmo na alma e na cara. De resto, para que falar nisso? Nem eu mesmo viria aqui, se (o doutor cerrou os dentes)... se não fosse também um esquisitão. Eis o que me admira apenas: como você, tão inteligente, não vê o que se faz ao seu redor?

— Mas o que é que se faz? — repliquei, todo alerta.

O doutor me fitou com certa compaixão gozadora.

— Mas que bobalhão eu sou — disse, como que conversando consigo mesmo. — Não vale a pena contar isso a ele. Numa palavra — adicionou, elevando a voz —, repito-lhe: a atmosfera daqui não lhe convém. Está à vontade, sim, mas há outras coisas ainda! A estufa também tem um cheiro gostoso, só que não dá para viver nela. Ei, escute-me, volte a ler Kaidânov!

A velha princesa entrou e começou a reclamar, dirigindo-se ao doutor, da sua dor de dentes. Depois apareceu Zinaída.

— Ei-la aí — acrescentou a princesa. — Dê uma bronca nela, senhor doutor. Bebe o dia todo água com gelo. Será que é bom para ela, com esse seu peito fraco?

— Por que faz isso? — perguntou Lúchin.

— E o que é que pode acontecer?

— O quê? Você pode apanhar um resfriado e morrer.

— Verdade? Será mesmo? Pois então, benfeito para mim!

— Ah é? — resmungou o doutor.

A velha princesa retirou-se.

— É, sim — repetiu Zinaída. — Será que essa vida é feliz? Olhe ao seu redor! E aí, está bem? Ou você acha que não compreendo nem sinto isso? Beber água com gelo é um prazer para mim, e você pode asseverar, seriamente, que vale a pena não arriscar essa vida por um átimo de prazer — sem falar em felicidade?

— Pois é — notou Lúchin — fricote e independência... essas duas palavras descrevem-na exaustivamente: toda a sua natureza está nessas duas palavras.

Zinaída começou a rir, nervosa.

— Seu correio vem atrasado, amável doutor. Você observa mal e fica para trás. Ponha os óculos. Agora não tenho ânimo para fazer fricotes: caçoar de você, caçoar de mim mesma... não é uma delícia? Quanto à independência... *monsieur* Voldemar — acrescentou, de súbito, Zinaída, batendo o pezinho —, não faça essa fisionomia melancólica. Detesto que se apiedem de mim. — Ela se retirou depressa.

— Nociva é a atmosfera daqui para você, meu jovem, nociva — tornou a dizer-me Lúchin.

XI

Na mesma tarde os visitantes de sempre se reuniram na casa de Zassêkina; eu também estava no meio deles. A conversa se referia ao poema de Maidânov; Zinaída elogiava-o de todo o coração.

— Mas você sabe — disse-lhe a moça —, se eu fosse um poeta, escolheria outros temas. Talvez seja bobagem tudo isso, mas, às vezes, os pensamentos estranhos me vêm à cabeça, sobretudo quando estou acordada, ao amanhecer, e quando o céu se torna, aos poucos, rosa e cinza. Eu, por exemplo... vocês não vão rir de mim?

— Não, não! — exclamamos nós todos em coro.

— Eu imaginaria — prosseguiu ela, cruzando os braços sobre o peito e dirigindo seus olhos para o lado — toda uma companhia de moças, à noite, num grande barco, num rio sossegado. A lua brilha, e todas elas estão de branco, com as grinaldas de flores brancas, e cantam, vocês sabem, algo semelhante a um hino.

— Entendo, entendo! Continue — disse Maidânov, presunçoso e sonhador.

— De repente, um barulho, uma gargalhada, archotes e pandeiros pela margem do rio: é uma multidão de bacantes[23] que corre cantando, gritando. Aí é seu negócio, senhor poeta, o de pintar um quadro... mas eu queria apenas que os archotes fossem vermelhos e

---

[23] Na mitologia clássica, ninfas campestres que participavam das festas de Baco, deus do vinho e da alegria (bacanais).

soltassem muita fumaça, e que os olhos das bacantes fulgissem sob as grinaldas, e que aquelas grinaldas fossem escuras. Não se esqueça, aliás, das peles de tigre e das copas... e de ouro também, muito ouro.

— Mas onde é que ficaria aquele ouro? — perguntou Maidânov, jogando para trás seus cabelos lisos e enfunando as narinas.

— Onde? Nos ombros, nos braços, nas pernas, por toda a parte. Dizem que na antiguidade as mulheres punham anéis de ouro nos tornozelos. As bacantes chamam as moças do barco. As moças já deixaram de cantar o seu hino, não podem mais entoá-lo, mas não se movem: o rio carrega-as para junto da margem. E eis que uma delas se levanta, de súbito, caladinha... é preciso descrever bem aquilo, como ela se levanta, silenciosa, ao luar e como suas amigas se assustam! Ela sai, pois, do barco, as bacantes a cercam e levam correndo para a escuridão da noite... então imaginem as bufadas daquela fumaça, e tudo se confunde. Apenas se ouve o berro das bacantes, e a grinalda dela fica na margem do rio.

Zinaída calou-se. ("Oh, sim, ela ama alguém!" — pensei eu de novo).

— Apenas isso? — perguntou Maidânov.

— Apenas — respondeu ela.

— Não pode ser o tema de um poema inteiro — rebateu ele com imponência —, mas vou aproveitar sua ideia para um poemeto lírico.

— Do gênero romântico? — perguntou Malêvski.

— É claro que do gênero romântico, byroniano.[24]

— E para mim Hugo[25] é melhor que Byron — disse desdenhosamente o jovem conde —, é mais interessante.

— Hugo é um escritor de primeira linha — argumentou Maidânov —, e meu amigo Tonkochéie, no seu romance espanhol "El Trovador"...

— Ah, é aquele livro com pontos de interrogação de cabeça para baixo? — interrompeu Zinaída.

— Sim, é um hábito dos espanhóis. Queria dizer que Tonkochéie...

— Não, vocês vão discutir outra vez o Classicismo e o Romantismo. — Zinaída voltou a interrompê-lo. — É melhor a gente brincar...

— De multas? — aprovou Lúchin.

— Não, brincar de multas é chato. Vamos brincar de comparações. (Fora a própria Zinaída que inventara aquela diversão: citava-se algum objeto, e cada um procurava compará-lo a outras coisas, ganhando um prêmio quem escolhesse a melhor das comparações).

Ela se achegou à janela. O sol acabava de se pôr: havia, lá no céu, compridas nuvens vermelhas.

---

[24] Relativo a George Gordon Byron (1788–1824), famoso poeta inglês cujas obras estimularam o desenvolvimento do Romantismo literário em toda a Europa.
[25] Victor Hugo (1802–1885): grande escritor francês, extremamente popular, na época do Romantismo, graças a seus poemas, peças de teatro (*Cromwell, Hernani, Marion de Lorme*) e, sobretudo, o romance *Notre-Dame de Paris* lançado em 1831.

— Com que se parecem aquelas nuvens? — indagou Zinaída e, sem esperar pelas nossas respostas, disse: — Eu acho que se parecem com as velas purpúreas do navio de ouro que levava Cleópatra[26] ao encontro de Antônio. Lembra, Maidânov, como me contou isso recentemente?

Todos nós, iguais a Polônio de "Hamlet", concordamos que as nuvens traziam à memória exatamente aquelas velas e que nenhum de nós acharia comparação melhor.

— E quantos anos é que tinha então Antônio? — perguntou Zinaída.

— Decerto era um homem jovem — supôs Malêvski.

— Sim, jovem — confirmou Maidânov com segurança.

— Desculpem! — exclamou Lúchin. — Ele tinha mais de quarenta anos.

— Mais de quarenta anos — repetiu Zinaída, lançando-lhe um rápido olhar.

Pouco depois eu fui para casa. "Ela ama" — cochichavam, involuntariamente, meus lábios. — "Mas a quem?".

XII

Os dias passavam. Zinaída se tornava cada vez mais estranha, mais incompreensível. Um dia, entrei no seu

---

[26] Cleópatra (69–30 a.C.), a última rainha do Egito helenístico, era amante do político e general romano Marco Antônio (83–30 a.C.), que tinha 41 anos quando de seu primeiro encontro.

quarto e vi-a sentada numa cadeira de palha, apertando a cabeça contra a quina da mesa. Ela se endireitou... todo o seu rosto estava banhado de lágrimas.

— Ah, é você! — disse ela com um sorriso cruel. — Venha cá.

Aproximei-me da moça; ela me pôs uma mão na cabeça e, agarrando repentinamente os meus cabelos, começou a torcê-los.

— Dói... — reclamei enfim.

— Ah é, dói? E eu não sinto dor, não? — retorquiu ela. — Ai! — exclamou de chofre, vendo que me arrancara uma pequena mecha. — O que eu fiz? Coitado *monsieur* Voldemar!

Devagarinho, ela alisou os cabelos arrancados, enrolou-os em seu dedo e fez um anelzinho.

— Vou colocar seus cabelos no meu medalhão e levá-los comigo — disse ela, enquanto as lágrimas brilhavam ainda em seus olhos. — Talvez isso o console um pouco... e agora, adeus.

Voltei para casa e flagrei ali uma intempérie. A mãezinha estava altercando com o pai: censurava-o por algum motivo, e ele permanecia, conforme o seu hábito, num silêncio friamente polido e acabou indo embora. Não pude ouvir de que falava a mãezinha nem tive interesse em descobri-lo: recordo apenas que, terminada a altercação, ela mandou chamar-me para o seu gabinete e disse que estava muito descontente com as minhas frequentes visitas à casa da princesa, a qual, de acordo com suas palavras, era *une femme capable de tout.*[27] Vim beijar-lhe a mão (sempre fazia isso, quando queria pôr fim à conversa) e retornei ao meu quarto. As lágrimas de Zinaída me haviam tirado do meu compasso; não sabia, decididamente, em que ideia me fiaria e estava, eu mesmo, prestes a chorar: de qualquer modo, ainda era uma criança apesar de meus dezesseis anos. Não pensava mais em Malêvski, conquanto Belovzórov ficasse cada dia mais furioso e olhasse para o espertinho conde como um lobo olha para um carneiro; aliás, não pensava em nada nem em ninguém. Perdia-me em cogitações e procurava sem trégua por lugares discretos. Apeguei-me, sobretudo, às ruínas da estufa. Galgava, por vezes, o alto muro e sentava-me lá em cima, tão infeliz, solitário e triste que chegava a sentir pena de mim mesmo. E como aquelas sensações dolorosas me eram agradáveis, como me deliciava com elas!...

Um dia estava sentado em cima do muro, mirava o longínquo espaço e escutava o tinir dos sinos... De supetão, algo me percorreu o corpo: não era um ventinho nem um arrepio, mas como que um bafejo, a sensação de proximidade alheia. Dirigi o olhar para baixo. Zinaída passava às pressas por ali, seguindo a estrada, de leve vestido cinza e com uma sombrinha rosa no ombro. Ela me avistou e parou; erguendo a aba do seu chapéu de palha, fixou em mim seus olhos aveludados.

---

[27] Uma mulher capaz de tudo (em francês).

— O que está fazendo aí, nessa altura toda? — perguntou-me com um sorriso meio estranho. — É que — prosseguiu — você vive assegurando que me ama; então pule aqui, na estrada, se é que me ama de verdade.

Zinaída mal teve tempo para articular essas palavras, e eu já voava para baixo, como se alguém me tivesse empurrado por trás. O muro tinha cerca de duas braças de altura. Meus pés encontraram o solo, mas o choque foi tão violento que não consegui manter-me em pé: tombei e, por um instante, perdi os sentidos. Quando me recobrei, senti, antes ainda de reabrir os olhos, que Zinaída estava ao meu lado.

— Meu querido menino — dizia ela, inclinando-se sobre mim, e uma ternura inquieta ouvia-se em sua voz —, como pudeste fazer isso, como pudeste obedecer! É que eu te amo... levanta-te.

O peito dela respirava perto do meu, suas mãos tocavam em minha cabeça e, de repente — o que se fez comigo então! —, seus lábios macios e frescos cobriram-me todo o rosto de beijos... roçaram em minha boca! Mas aí Zinaída teria adivinhado, pela expressão do meu rosto, que já recuperara a consciência, embora meus olhos continuassem fechados, e disse, reerguendo-se rapidamente:

— Levante-se, pois, seu peralta maluco! Por que está deitado nessa poeira?

Fiquei em pé.

— Passe-me a minha sombrinha — disse Zinaída —, está vendo aonde a joguei! E não olhe para mim desse jeito... que bobagem é essa? Não se machucou? Decerto se queimou com as urtigas. Digo-lhe para não me olhar assim! Mas ele não compreende nada nem me responde — acrescentou, como que falando sozinha. — Vá para casa, *monsieur* Voldemar, limpe suas roupas e não se atreva a ir atrás de mim, senão ficarei zangada e nunca mais...

Ela não terminou suas falas e retirou-se lestamente, e eu me sentei na estrada... falhavam-me as pernas. Minhas mãos estavam queimadas pelas urtigas, meu dorso doía, minha cabeça girava, porém a sensação de beatitude, que experimentara então, jamais se repetiria em minha vida. Ela estava em todos os meus membros, como uma dor prazerosa, e resultou, afinal, em saltos e exclamações de arroubo. Era verdade: ainda não passava de uma criança.

XIII

Estava tão alegre e orgulhoso ao longo de todo aquele dia! Guardava, com tanta vivacidade, a sensação dos beijos de Zinaída no meu rosto, lembrava cada palavra dela com tanto tremor extático, acalentava tanto a minha felicidade inesperada que mesmo chegava a sentir medo e não queria nem sequer vê-la, culpada daquelas novas sensações minhas. Parecia-me que não podia exigir mais nada ao destino, que agora me cumpria "parar, respirar bem fundo, pela última vez, e morrer". Por outro lado, indo no dia seguinte à casa dos fundos, sentia muita vergonha que em vão tentava dissimular sob uma aparente desenvoltura modesta, particular de quem dá a entender que sabe guardar um segredo. Zinaída me recebeu de modo bem simples, sem a mínima emoção; apenas me ameaçou com o dedo e perguntou se não tinha manchas roxas pelo corpo. Toda a minha modesta desenvoltura e aparência misteriosa sumiram num piscar de olhos e, juntamente com elas, a minha vergonha. É claro que não esperava por nada especial, mas a tranquilidade de Zinaída foi como um balde de água fria. Compreendi que era um menino aos olhos dela e senti um enorme peso na alma! Zinaída andava, de lá para cá, pelo quarto e, toda vez que olhava para mim, sorria depressa; seus pensamentos estavam, no entanto, bem longe, e eu percebi isso com nitidez. "Puxar conversa sobre o dia de ontem" — pensei —, "perguntar aonde ela ia tão apressada, a fim de saber em definitivo...", mas fiz apenas um gesto com a mão e sentei-me num canto.

Entrou Belovzórov; fiquei contente com a sua vinda.

— Não encontrei um cavalo de sela que fosse dócil para você — disse ele com uma voz severa. — Freitag está prometendo um, mas eu cá não tenho certeza. Estou com medo...

— Está com medo de quê? — inquiriu Zinaída. — Permite saber isso?

— De quê? Pois você não sabe montar. E se, Deus me livre, acontecer alguma coisa? Mas que fantasia é que lhe subiu, de repente, à cabeça?

— Pois isso é meu negócio, *monsieur* meu bicho. Nesse caso, vou pedir a Piotr Vassílievitch... (Meu pai se chamava Piotr Vassílievitch. Fiquei surpreso de ela ter mencionado seu nome tão simples e despojadamente, como se estivesse segura de meu pai estar pronto a prestar-lhe esse favor).

— Ah é? — replicou Belovzórov. — É com ele que a senhorita quer passear?

— Com ele ou com outro, não faz diferença para você. Tomara que não seja com o senhor.

— Não comigo — repetiu Belovzórov. — Como quiser. Pois bem, vou arranjar um cavalo para você.

— Mas veja se não é uma vaca qualquer. Aviso, desde já, que quero galopar.

— Galope, então! Com quem, pois, é que vai? Talvez com Malêvski?

— E por que não iria com ele, guerreiro? Acalme-se — adicionou ela —, e não faça seus olhos brilharem. Você também vai comigo. Bem sabe que agora Malêvski é para mim... pffft! — Ela sacudiu a cabeça.

— Diz isso para me consolar — resmungou Belovzórov.

Zinaída entrefechou os olhos.

— Isso o consola? Oh... oh... oh, meu guerreiro! — disse ela, por fim, como se não achasse outras palavras. — E você, *monsieur* Voldemar, iria passear conosco?

— Eu não gosto... em grande companhia... — murmurei, sem erguer os olhos.

— Prefere passear *tête-à-tête*?[28] Está bem: a liberdade é para o libertado e o paraíso é... para o perdoado[29] — disse com um suspiro. — Vá, pois, Belovzórov, e tome suas providências. Preciso de um cavalo até amanhã.

— Sim, mas onde arrumar o dinheiro? — intrometeu-se a velha princesa.

Zinaída franziu o sobrolho.

— Não o peço à senhora; Belovzórov me acredita.

— Acredita, acredita... — resmungou a princesa e, de improviso, gritou de todas as forças: — Duniachka!

— *Maman*,[30] presenteei a senhora com uma campainha — notou Zinaída.

— Duniachka! — gritou novamente a velha.

Belovzórov se despediu; eu saí com ele. Zinaída não me reteve.

XIV

Na manhã seguinte eu me levantei cedo, recortei um bastão e fui passear além do linde. "Vou dissipar os pesares", pensava. O dia estava belo: claro, mas não muito quente; um vento alegre e fresco sobrevoava a terra e, moderado, fazia barulho, brincava, bulia com tudo e não perturbava nada. Passei muito tempo vagueando pelas colinas e pelas florestas; não me sentia feliz, tendo saído de casa no intuito de me

---

[28] A sós (em francês).
[29] Ditado russo que corresponde aproximadamente a *cada um com seu cada qual*.
[30] Mamãe (em francês).

entregar à tristeza, mas a juventude, o tempo ótimo, o ar fresco, o prazer de caminhar depressa e o deleite de ficar deitado na relva abundante de um recanto venceram-me: a lembrança daquelas palavras inesquecíveis, daqueles beijos, voltou a invadir minha alma. Agradava-me pensar que Zinaída não podia, contudo, deixar de reconhecer meu denodo, meu heroísmo... "Os outros são melhores que eu para ela" — pensava eu —, "que sejam! Mas os outros apenas falam em fazer alguma coisa, e eu fiz mesmo! E não só isso é que poderia ainda fazer por ela!..." Dei largas à minha fantasia. Comecei a imaginar como a salvaria das mãos de seus inimigos, como a tiraria de uma masmorra e, todo ensanguentado, morreria aos seus pés. Lembrei-me do quadro que pendia em nossa sala de estar, representando Malek-Adhel[31] a carregar Mathilde em seus braços, e logo passei a espiar um grande pica-pau versicolor que subia, azafamado, o fino tronco de uma bétula, assomando por trás deste com inquietude, ora do lado direito ora do lado esquerdo, como um músico por trás do braço de seu contrabaixo.

A seguir, desandei a cantar "Não são as neves brancas",[32] atacando depois a romança[33] "Espero-te, tão logo o zéfiro travesso", bem conhecida na época;

---

[31] O tema deste quadro está relacionado ao romance *Mathilde ou Memórias tiradas da história das cruzadas,* da escritora francesa Sophie Cottin (1770–1807).
[32] Canção folclórica russa.
[33] Pequena música sentimental para canto e piano, gênero bem popular no século XIX.

em seguida, pus-me a declamar em voz alta o apelo de Yermak[34] às estrelas, trecho da tragédia de Khomiakov;[35] tentei mesmo compor algo sentimental, inventei a linha que haveria de encerrar o poema todo — "Ó Zinaída, Zinaída!" —, mas não obtive êxito. Entretanto chegava a hora do almoço. Desci para o vale: uma estreita vereda de areia atravessava-o, sinuosa, e levava à cidade. Tomei essa vereda... um surdo ruído dos cascos de cavalo ouviu-se atrás de mim. Olhei para lá, parei espontaneamente e tirei o boné: vi o meu pai e Zinaída. Eles cavalgavam juntos. O pai dizia algo à princesinha, inclinando todo o seu corpo em sua direção e apoiando sua mão no pescoço do cavalo; estava sorridente. Zinaída o escutava calada, abaixando o olhar com severidade e cerrando os lábios. A princípio, só os vi a eles; apenas alguns instantes depois é que Belovzórov apareceu na virada do vale, com sua farda de hussardo, montando um cavalo murzelo coberto de espuma. O murzelo veloz agitava a cabeça, fungava e saltitava: o cavaleiro retinha-o e dava-lhe esporadas ao mesmo tempo. Afastei-me um pouco. Meu pai empunhou as rédeas, apartou-se de Zinaída, a qual ergueu devagar os olhos para fitá-lo, e ambos foram embora a galope... Belovzórov disparou no encalço deles, fazendo tinir o seu sabre. "Está

---

[34] Yermak Timoféievitch (1532 ou 1534 ou 1542–1585): desbravador russo que deu início, em 1581, à conquista e colonização da Sibéria.
[35] Alexei Stepânovitch Khomiakov (1804–1860): poeta, filósofo e pintor russo, autor do drama histórico *Yermak* (1832).

vermelho feito um pimentão" — pensei eu —, " e ela... Por que ela está tão pálida assim? Andou a cavalo toda a manhã e está pálida?".

Redobrei o passo e consegui voltar para casa pouco antes do almoço. O pai já estava sentado, de outras roupas, limpo e fresco, perto da poltrona de minha mãe e lia para ela, com sua voz regular e sonora, um folhetim do "Journal des Débats,"[36] porém a mãezinha o escutava sem atenção e, avistando-me, perguntou onde tinha andado o dia inteiro e acrescentou que não gostava de ver-me perambular Deus sabe por onde e Deus sabe com quem. "Mas eu passeava sozinho" — já ia responder-lhe, mas olhei para o pai e permaneci, não se sabe por que, calado.

XV

Ao longo dos cinco ou seis dias que se seguiram quase não via Zinaída: ela se dizia doente, o que não impedia, aliás, os habituais visitantes da casa dos fundos de fazerem, como eles mesmos se expressavam, os seus plantões. Eles vinham todos, salvo Maidânov que ficava desanimado e entediado tão logo perdia a oportunidade de extasiar-se. Belovzórov estava sentado num canto, todo vermelho e carrancudo, de túnica

---

[36] Trata-se provavelmente de um dos folhetins do escritor e crítico Jules Janin (1804–1874) publicados no "Journal des Débats" (jornal francês editado desde 1789) e muito populares na Rússia da respectiva época.

bem abotoada; no fino semblante do Conde Malêvski surgia amiúde um sorriso algo maldoso: ele estava, de fato, desfavorecido por Zinaída e bajulava, com um afinco especial, a velha princesa, indo com ela de carruagem à casa do governador militar. De resto, essa visita redundou num fracasso, tendo Malêvski arrumado até mesmo uma contrariedade: lembraram-lhe certa história relacionada a oficiais engenheiros, e ele teve de dizer, em suas explicações, que "àquela altura era ainda inexperiente". Lúchin vinha umas duas vezes por dia, mas não demorava muito; eu o temia um pouco após a nossa recente conversa e, não obstante, sentia um sincero interesse por ele. Um dia, ele foi dar uma volta comigo no parque Neskútchny; estava bem-humorado e amável, citava-me nomes e qualidades de várias ervas e flores, e de repente — como se diz, sem mais aquela —, exclamou, dando um tapa em sua testa:

— E eu, abestalhado, pensava que era uma coquete! É doce, pelo visto, sacrificar a si mesmo pelos outros.

— O que quer dizer com isso? — perguntei eu.

— A você não quero dizer nada — rebateu bruscamente Lúchin.

Zinaída me evitava: o meu aparecimento (não podia deixar de reparar nisso) fazia-lhe uma impressão desagradável. Ela me virava involuntariamente as costas... sim, involuntariamente; eis o que me amargurava, eis o que me afligia! Contudo, eu não tinha nada a fazer e buscava não aparecer na sua frente, espreitando-a tão só de longe, o que nem sempre dava certo. Algo incompreensível continuava a acometê-la: seu rosto mudara, ela própria mudara de todo. Essa mudança assombrou-me, em especial, numa tardinha quente e sossegada. Estava sentado num baixo banquinho, sob uma larga moita de sabugueiro; gostava daquele lugar de onde se via a janela do quarto de Zinaída. Estava sentado ali; sobre a minha cabeça, um passarinho azafamado se remexia numa folhagem escurecida, e uma gata cinzenta se esgueirava, esticando o dorso, pelo jardim. O pesado zunido dos primeiros besouros ressoava no ar, ainda transparente, porém não mais claro. Estava sentado e olhava para a janela, esperando que esta se abrisse; a janela abriu-se de fato, e Zinaída assomou nela. Trajava um vestido branco, e ela mesma, seu rosto, seus ombros, seus braços estavam pálidos até a brancura. Ficou muito tempo imóvel, olhando fixamente e de sobrolho carregado. Eu nem conhecia esse olhar dela. Depois a moça crispou, com toda a força, as mãos, levou-as aos lábios, à testa, e de improviso, desunindo os dedos, retirou seus cabelos das orelhas, sacudiu a cabeleira e, abanando a cabeça de cima para baixo com certa firmeza, fez estalarem as folhas da janela.

Ao cabo de uns três dias, Zinaída me encontrou no jardim. Queria esquivar-me dela, mas a princesinha me deteve.

— Dê-me sua mão — disse-me ela com a ternura de antes. — Faz tempos que não conversamos mais.

Olhei para ela: seus olhos irradiavam uma luz branda, seu rosto sorria todo, como através de uma névoa.

— Ainda está indisposta? — perguntei-lhe.

— Não, agora está tudo bem — respondeu ela, colhendo uma pequena rosa escarlate. — Estou um pouquinho cansada, mas isso também vai passar.

— E você tornará a ser como antes? — perguntei então.

Zinaída levou a rosa ao seu rosto, e pareceu-me que o vivo reflexo das pétalas lhe caíra nas faces.

— Será que eu mudei? — indagou-me ela.

— Mudou, sim — repliquei a meia-voz.

— Sei que estava fria com você — começou Zinaída —, mas você não devia prestar atenção àquilo... eu não podia agir de outra maneira... mas não vale a pena falarmos nisso.

— Você não quer que eu a ame, eis o que é! — exclamei num rompante espontâneo e sombrio.

— Sim, ame-me, mas não como antes.

— E como?

— Sejamos amigos, assim! — Zinaída deixou-me cheirar a rosa. — Escute, sou muito mais velha que você e poderia ser sua tia, palavra de honra; tudo bem, não tia, mas sua irmã mais velha. E você...

— Sou uma criança para a senhorita — interrompi-a.

— Pois é, uma criança, mas uma criança meiga, boazinha, inteligente, que eu amo muito. Sabe de uma coisa? Desde hoje mesmo, aceito-o como meu pajem; e não esqueça que os pajens não devem afastar-se das suas senhoras. Eis um símbolo de sua nova condição — acrescentou ela, colocando a rosa na lapela da minha jaqueta —, um sinal da benevolência que lhe concedo.

— Antes você me concedia outros favores — murmurei eu.

— Ah! — disse Zinaída, olhando-me de soslaio. — Que memória é que ele tem! Pois bem, estou pronta agora mesmo...

E, inclinando-se para mim, ela estampou um beijo cândido e sereno na minha testa.

Mirei-a apenas, e ela me virou as costas e, dizendo: "Siga-me, meu pajem", foi à casa dos fundos. Segui a princesinha, ainda perplexo. "Será que..." — pensava — "será que esta moça dócil e sensata é aquela mesma Zinaída que conheci?". Até seu andar me parecia mais calmo, e todo o seu corpo, mais esbelto e majestoso...

Meu Deus, com quanta força o amor se reacendia em mim!

XVI

Após o almoço os visitantes se reuniram de novo na casa dos fundos, e a princesinha veio cumprimentá-los. Toda a assembleia estava presente ali, como naquela primeira noite, inesquecível para mim: até Nirmátski havia mostrado a cara, e Maidânov chegara, dessa vez, mais cedo que todos e trouxera novos versos. O jogo de multas recomeçou, mas sem aquelas estranhas travessuras de antes, sem tolas brincadeiras nem algazarras — o elemento cigano tinha desaparecido. Zinaída comunicou um novo humor à nossa reunião. Eu estava sentado perto dela, na qualidade de pajem. Ela propôs, entre outras coisas, que o jogador multado contasse seu recente sonho, mas isso não deu certo.

Os sonhos eram pouco interessantes (Belovzórov teria sonhado que alimentava seu cavalo de carpas e que a cabeça desse cavalo era de madeira) ou então artificiais, forjados. Maidânov serviu-nos toda uma novela, havendo nela jazigos fúnebres, anjos com liras, flores que conversavam e sons que vinham de longe. Zinaída não o deixou terminar suas falas.

— Desde que começamos a inventar — disse ela —, que cada um conte alguma história toda fantasiosa.

O primeiro a contar seria outra vez Belovzórov. O jovem hussardo ficou confuso.

— Eu não consigo inventar nada! — exclamou ele.

— Mas que bobagem! — retorquiu Zinaída. — Pois imagine, por exemplo, que você está casado e conte-nos como passaria o tempo com sua esposa. Iria trancafiá-la?

— Iria trancafiá-la, sim.

— E ficaria trancado com ela?

— E ficaria, sem falta, trancado com ela.

— Perfeito. E se ela se aborrecesse com isso e fosse traí-lo?

— Matá-la-ia.

— E se ela fugisse?

— Correria atrás dela e matá-la-ia em todo caso.

— Pois bem. E se, suponhamos, eu fosse sua esposa, o que faria então?

Belovzórov ficou calado.

— Então me mataria a mim...

Zinaída se pôs a rir.

— Pelo que vejo, seu canto não é tão longo.

A segunda multa coube a Zinaída. Meditativa, ela ergueu os olhos para o teto.

— Escutem, pois — começou afinal —, o que inventei: imaginem um suntuoso palácio, uma noite de verão e um baile admirável. Quem dá esse baile é uma jovem rainha. Por toda a parte há ouro, mármore, cristal, seda, luzes, diamantes, flores, incensos e todos os requintes do luxo.

— Você gosta de luxo? — interrompeu-a Lúchin.

— O luxo é bonito — argumentou ela —, eu gosto de tudo o que é bonito.

— Mais que daquilo que é belo? — perguntou ele.

— É meio complicado, não compreendo. Não me atrapalhe. Pois bem, o baile está esplêndido. Há muitos convidados, eles todos são jovens, belos e corajosos, e andam loucamente apaixonados pela rainha.

— Não há mulheres dentre os convidados? — inquiriu Malêvski.

— Não... ou melhor, sim, há mulheres.

— Todas feias?

— Lindíssimas. Entretanto, todos os homens estão apaixonados pela rainha. Ela é alta e esbelta; há um pequeno diadema de ouro em seus cabelos negros.

Olhei para Zinaída, e nesse momento ela me pareceu sobrepujar a nós todos; sua fronte branca e seu sobrolho imóvel irradiavam tanta inteligência iluminada e tanto poder que pensei: "Tu mesma és aquela rainha!".

— Todos se comprimem ao redor dela — prosseguiu Zinaída —, todos derramam na frente dela os discursos mais lisonjeiros.

— E ela gosta de ser lisonjeada? — perguntou Lúchin.

— Que homem insuportável! Não faz outra coisa senão me interromper! Quem é que não gosta de ser lisonjeado?

— Mais uma pergunta, a última — intrometeu-se Malêvski. — A rainha tem um marido?

— Nem pensei nisso aí. Não, por que teria marido?

— É claro — aprovou Malêvski —, por que teria marido?

— *Silence!*[37] — exclamou Maidânov, que falava francês muito mal.

— *Merci*[38] — disse-lhe Zinaída. — Então, a rainha escuta aqueles discursos, escuta a música, mas não olha para nenhum dos seus convidados. Seis janelas estão abertas de par em par, do teto ao chão; além delas, um céu escuro com suas grandes estrelas e um escuro jardim com suas árvores grandes. A rainha está mirando aquele jardim. Ali, ao pé das árvores, há um chafariz que alveja nas trevas, comprido, comprido que nem um espectro. Através da conversa e música, a rainha ouve um leve ruído da água. Ela olha e pensa: "São todos nobres, inteligentes e ricos, meus senhores, rodeiam-me, valorizam cada palavra minha, estão todos prontos a morrer aos meus pés; sou sua dona... e lá, perto do chafariz, perto da água que rumoreja, espera por mim aquele que eu amo e que me possui.

---

[37] Silêncio (em francês).
[38] Obrigada (em francês).

Ele não tem trajes ricos nem pedras preciosas, ninguém o conhece, mas ele espera por mim, seguro de que eu virei, e eu irei mesmo, não há força que possa deter-me quando eu quiser vê-lo e ficar com ele e perder-me com ele lá, na escuridão do jardim, sob o farfalho das árvores e o rumorejo do chafariz...".

Zinaída calou-se.

— É uma fantasia? — perguntou, maliciosamente, Malêvski.

Zinaída nem sequer olhou para ele.

— O que é que faríamos, meus senhores — disse de supetão Lúchin —, se estivéssemos entre os convidados e soubéssemos daquele felizardo do chafariz?

— Esperem, esperem — interrompeu Zinaída. — Eu mesma lhes direi o que faria cada um de vocês. Você, Belovzórov, iria desafiá-lo para um duelo. Você, Maidânov, escreveria um epigrama contra ele; aliás, não! Você não sabe escrever epigramas; faria então um longo iambo, como aqueles de Barbier,[39] e publicaria essa sua obra no "Telégrafo".[40] Você, Nirmátski, pedir-lhe-ia dinheiro emprestado... não, dar-lhe-ia dinheiro emprestado para cobrar juros. Você, doutor... — ela parou. — Não sei mesmo o que você faria.

— Sendo o médico da corte — respondeu Lúchin —, aconselharia que a rainha não desse bailes quando não estivesse disposta...

---

[39] Auguste Barbier (1805–1882): poeta francês cuja coletânea de *Iambos* (1831) gozava de notável sucesso na Rússia.
[40] "Telégrafo moscovita": revista literária e científica, publicada, a cada duas semanas, de 1825 a 1834.

— E teria, quem sabe, razão. E você, conde...

— E eu? — repetiu Malêvski com seu sorriso maldoso.

— Você lhe ofereceria um bombonzinho envenenado.

O rosto de Malêvski entortou-se de leve e tomou, por um segundo, a expressão judaica, mas logo ele desandou a rir.

— Quanto a você, Voldemar... — continuou Zinaída. — Aliás, chega disso; vamos brincar de outra coisa.

— *Monsieur* Voldemar, como o pajem da rainha, seguraria a cauda de seu vestido quando ela corresse para o jardim — notou Malêvski de modo sarcástico.

Enrubesci todo, mas Zinaída pôs lestamente a mão no meu ombro e, soerguendo-se, disse com uma voz um pouco trêmula:

— Eu nunca concedi à Vossa Alteza o direito de ser insolente, portanto lhe peço que vá embora.

Ela apontou para a porta.

— Misericórdia, princesa — murmurou Malêvski e ficou todo pálido.

— A princesa tem razão! — exclamou Belovzórov e também se levantou.

— Juro por Deus que não esperava, de modo algum — prosseguiu Malêvski. — Parece que não houve, nessas palavras minhas, nada que... eu nem pensava em ofendê-la! Perdoe-me.

Zinaída lançou-lhe um olhar gélido e sorriu com frieza.

— Acho que pode ficar — disse, movendo desdenhosamente a mão. — Nós cá, eu e *monsieur* Voldemar, zangamo-nos à toa. Pode então lamentar à vontade.

— Perdoem-me — repetiu Malêvski, e eu voltei a pensar, recordando o gesto de Zinaída, que nem uma verdadeira rainha poderia mandar um afoito embora com maior dignidade.

O jogo de multas durou pouco após essa pequena cena; todos ficaram um tanto embaraçados, e não foi por causa da própria cena, mas, sim, devido a outro sentimento, não bem definido, porém constrangedor. Ninguém falava nesse sentimento, mas cada um o percebia em si mesmo e no seu vizinho. Maidânov leu-nos seus versos, e Malêvski elogiou-os com um entusiasmo exagerado. "Como ele quer agora parecer bonzinho" — cochichou-me Lúchin. Despedimo-nos logo. De súbito, Zinaída ficou pensativa; a velha princesa mandou dizer que estava com dor de cabeça; Nirmátski rompeu a queixar-se de seus reumatismos...

Passei muito tempo sem dormir, assombrado pela história de Zinaída.

— Será que havia lá uma alusão? — perguntava a mim mesmo. — Mas a quem ou a que ela aludia? E se houver, de fato, a que aludir... como ela teria a coragem? Não, não pode ser, não — cochichava, virando-me de uma face ardente para a outra... Contudo, lembrava a expressão de Zinaída na hora de seu relato, rememorava a exclamação que escapara de Lúchin no parque Neskútchny e as mudanças inesperadas do tratamento que ela me dispensava, e perdia-me em conjeturas. "Quem é ele?" — essas três palavras como que estavam ante meus olhos, escritas na escuridão; era como se uma baixa nuvem sinistra pendesse sobre mim, e eu sentia a sua pressão e pressentia que a tempestade não demoraria em vir. Habituara-me a diversas coisas, nesses últimos tempos, vira diversas coisas na casa de Zassêkina: aquela desordem toda, cotos de velas, facas e garfos quebrados, o lúgubre Vonifáti e as criadas esfarrapadas, as maneiras da própria princesa — toda aquela vida estranha não me surpreendia mais... no entanto, não conseguia acostumar-me àquilo que vislumbrava agora em Zinaída... "Uma aventureira" — disse, um dia, minha mãe a respeito dela. Seria ela uma aventureira — ela, meu ídolo, minha divindade? Esse nome me abrasava, tentando eu, indignado, esconder-me dele sob o meu travesseiro; ao mesmo tempo, o que não aceitaria, o que não daria, só para ser aquele felizardo perto do chafariz!...

Meu sangue entrou em ebulição. "Jardim... chafariz..." — pensei eu. — "E se eu for ao jardim?" Vesti-me depressa e saí, às ocultas, de casa. A noite estava escura, as árvores mal sussurravam; um brando friozinho caía do céu, um cheiro de funcho vinha da horta. Rodei todas as aleias; o leve som de meus passos inquietava-me e animava-me de uma vez só. Eu parava, esperava, ouvia meu coração bater forte e apressadamente. Por fim, aproximei-me da cerca e apoiei-me numa fina vara. De chofre (ou tive apenas uma ilusão?), um vulto feminino surgiu, de passagem, a alguns passos de mim. Cravei os olhos nas trevas e retive a minha respiração. O que seria? Ouvia mesmo aqueles passos ou meu coração palpitava de novo? "Quem está aí?" — murmurei com uma voz quase inaudível. O que seria, enfim: um riso contido... o sussurro das folhas... um suspiro ao meu ouvido? Senti medo... "Quem está aí?" — repeti mais baixo ainda.

Por um instante, o ar se moveu: uma faixa brilhante atravessou o céu; uma estrela caiu. "Zinaída?" — queria perguntar, mas a voz me entorpecera nos lábios. E, de repente, fez-se um profundo silêncio ao meu redor, como muitas vezes ocorre em plena noite... Até os grilos cessaram de estridular nas árvores, apenas uma janela tiniu algures. Fiquei algum tempo imóvel e retornei ao meu quarto, à minha cama que tinha esfriado. Sentia uma estranha emoção, como se tivesse ido a um encontro de amor e ficado sozinho e passado junto da felicidade alheia.

XVII

No dia seguinte vi Zinaída apenas de relance: ela ia a algum lugar com a velha princesa, numa carruagem de aluguel. Em compensação, vi Lúchin, que, aliás, mal me cumprimentou, e Malêvski. O jovem conde sorriu e falou amigavelmente comigo. Dentre todos os frequentadores da casa dos fundos, ele fora o único que soubera insinuar-se em nossa família e agradar a mãezinha. Meu pai não gostava dele e tratava-o com uma polidez que beirava a ofensa.

— *Ah, monsieur le page!*[41] — começou Malêvski. — Muito prazer em encontrá-lo. O que anda fazendo a sua bela rainha?

Seu rosto bonito e fresco gerava-me, nesse momento, tamanha repulsa, e o conde olhava para mim com tanto desdém jocoso, que eu não lhe dei nenhuma resposta.

— Ainda está zangado? — prosseguiu ele. — Não vale a pena. Não fui eu quem o chamou de pajem, e são principalmente as rainhas que têm pajens. Deixe-me notar, porém, que você cumpre mal suas obrigações.

— Como assim?

— Os pajens devem ser inseparáveis das suas soberanas; os pajens devem saber tudo o que elas fazem, devem até mesmo observá-las — acrescentou ele, abaixando a voz — de dia e de noite.

— O que você quer dizer?

— O que quero dizer? Parece que me expresso com clareza. De dia e de noite. De dia ainda está tudo bem: de dia há luz e muita gente por aí; agora de noite... o mal não demora a acontecer. Aconselho-o a não dormir de noite e a observar, observar com todas as forças. Lembre-se: no jardim, de noite, perto do chafariz! Eis onde é preciso vigiar. Ainda vai agradecer-me.

Malêvski riu e virou-me as costas. Decerto não dava tanto valor àquilo que me dissera; tinha a reputação de um ótimo mistificador e destacava-se pela sua habilidade em ludibriar as pessoas nos bailes de

---

[41] Ah, senhor pajem! (em francês).

máscaras, para a qual contribuía muito a falsidade quase inconsciente que impregnava todo o seu ser. Ele queria apenas provocar-me; todavia, cada palavra sua me percorreu, como um veneno, todas as veias. O sangue me subiu à cabeça. "Ah, é isso?" — disse eu a mim mesmo. — "Pois bem! Então meus pressentimentos de ontem foram justos! Não foi à toa, então, que algo me chamou para o jardim! Pois isso não vai acontecer!" — exclamei em voz alta e dei-me uma punhada no peito, embora não soubesse, na realidade, o que não iria acontecer. "Quer seja o próprio Malêvski a vir ao jardim" — pensava eu (talvez ele tivesse falado demais: era descarado o bastante para isso!) — "quer seja outra pessoa (a cerca do nosso jardim era muito baixa, de sorte que não havia nenhuma dificuldade em atravessá-la), mas aquele que eu pegar não se dará bem! Não aconselho que ninguém me encontre ali! Vou provar a todo o mundo e àquela traidora (chamei-a mesmo de traidora) que sei tomar a desforra!".

Voltei ao meu quarto, tirei da minha escrivaninha um canivete inglês recém-comprado, apalpei a ponta da sua lâmina e, franzindo o sobrolho, coloquei-o no bolso com uma firmeza fria e concentrada, como se tais negócios não me fossem estranhos nem novos. Meu coração se soergueu, irado, e petrificou-se; até o cair da noite, não afastei as sobrancelhas nem descerrei os lábios, andando volta e meia de lá para cá, empunhando a faca que se esquentara dentro do bolso e preparando-me de antemão para algo terrível. Essas sensações novas e inabituais ocupavam-me e mesmo me alegravam tanto que eu refletia pouco em Zinaída propriamente dita. Eis o que me vinha, sem trégua, à mente: Aleko, jovem cigano — "Aonde vais, meu jovem belo?" — "Não te levantes...", e depois: "Estás ensanguentado todo!... O que fizeste?..." — "Nada!"[42] Com que sorriso cruel eu repeti aquele "nada"! Meu pai não estava em casa, mas a mãezinha, que se encontrava, desde um certo momento, num estado de irritação surda e quase permanente, prestou atenção à minha aparência fatal e disse-me durante o jantar: "Por que estás com essa cara amarrada?" Apenas sorri, indulgente, em resposta e pensei: "Se eles soubessem!" O relógio deu onze horas. Fui ao meu quarto, mas não me despi à espera da meia-noite; ela chegou, afinal. "Está na hora!" — murmurei por entre os dentes cerrados e, todo abotoado e mesmo de mangas arregaçadas, dirigi-me para o jardim.

Havia escolhido antecipadamente um lugar para espreitar. Na extremidade do jardim, onde a cerca que separava a nossa área da de Zassêkina juntava-se a um muro externo, crescia um solitário abeto. De pé sob os seus ramos espessos e baixos, eu podia ver, na medida em que a escuridão noturna o permitia, o que se passava ao meu redor. Ali mesmo havia uma vereda tortuosa que sempre me parecera enigmática: como uma serpente, ela rastejava embaixo da cerca,

---

[42] Alusão ao poema *Ciganos*, de Alexandr Púchkin, cujo protagonista comete um crime passional.

a qual ostentava naquele local pegadas dos que a tinham pulado, e conduzia até um pavilhão redondo e todo circundado de acácias. Cheguei ao pé do abeto, encostei-me no seu tronco e pus-me a observar.

A noite estava tão silenciosa quanto a precedente; contudo, havia menos nuvens no céu, e os contornos dos arbustos e mesmo das altas flores viam-se com maior nitidez. Os primeiros instantes de espera foram angustiantes, quase medonhos. Decidi que faria qualquer coisa, estava somente pensando: de que maneira faria aquilo? Bradaria: "Aonde vais? Para e desembucha, senão morrerás!" ou simplesmente desferiria uma facada? Cada som, cada sussurro ou farfalhar pareciam-me significativos, extraordinários. Eu me preparava: inclinei-me para frente... entretanto, passou-se meia hora, depois uma hora inteira; meu sangue se aquietava e se esfriava; a consciência de que fazia aquilo tudo em vão e mesmo estava um pouco ridículo, tendo Malêvski zombado de mim, começou a infiltrar-se em minha alma. Abandonei o meu esconderijo e percorri todo o jardim. Não se ouvia, como que de propósito, nem o menor barulho em parte alguma; tudo estava bem sossegado, e até nosso cachorro dormia, enrodilhado junto da portinhola. Subi às ruínas da estufa e vi, na minha frente, um campo longínquo, lembrei o encontro com Zinaída e fiquei pensativo...

Estremeci! Teria ouvido o ranger de uma porta que se abria e, a seguir, um leve estalo de um galho quebrado. Desci das ruínas em dois saltos e parei onde estava.

Os passos rápidos e enérgicos, mas prudentes, ressoavam nitidamente pelo jardim. Eles se aproximavam de mim. "Ei-lo! Ei-lo enfim!" — vibrou-me o coração. Com um gesto convulso, tirei a faca do bolso, abri-a convulsamente... umas fagulhas vermelhas giraram ante meus olhos e meus cabelos ficaram em pé de medo e fúria. Os passos vinham em minha direção; eu me curvava, prestes a arrojar-me ao seu encontro. Apareceu um homem: meu Deus, era meu pai!

Reconheci-o logo, se bem que ele estivesse todo envolto numa capa escura e que o chapéu lhe descesse no rosto. Ele passou ao meu lado nas pontas dos pés. Não reparou em mim, conquanto nada me ocultasse; eu apenas me encolhera e me enroscara tanto que parecia afundado no próprio solo. Ciumento, pronto a cometer um assassinato, Otelo se transformara, de improviso, num escolar... o repentino aparecimento do pai causara-me tamanho susto que a princípio nem sequer percebi de onde ele vinha e para onde se dirigia. Endireitei-me e pensei: "Por que é que o pai anda de noite pelo jardim?" só quando tudo se apaziguou novamente ao meu redor. Amedrontado, deixei a faca cair na relva, mas nem tentei procurá-la: estava com muita vergonha. Refresquei, de uma vez, a cabeça. Voltando para casa, acerquei-me, porém, do meu banquinho sob a moita de sabugueiro e olhei para a janela do quarto de Zinaída. Os vidros dessa janela, pequenos e um tanto convexos, estavam vagamente azulados à fraca luz que caía do céu noturno. De súbito, a sua cor foi mudando: detrás deles (eu via isso, via claramente), uma cortina branca descera, com lentidão e cautela, até o peitoril, permanecendo depois imóvel.

— O que é isso, enfim? — disse eu em voz alta, quase involuntariamente, mal retornei ao meu quarto. — Um sonho, uma casualidade ou... — as suposições que de repente me vieram à cabeça eram tão novas e estranhas que eu nem ousava entregar-me a elas.

XVIII

Acordei de manhã com dor de cabeça. A emoção da noite anterior desaparecera: fora substituída por uma dolorosa perplexidade e uma tristeza antes desconhecida, como se algo estivesse morrendo em mim.

— Por que tem essa cara do coelho a que arrancaram metade do cérebro? — perguntou Lúchin, ao encontrar-se comigo.

Na hora do desjejum eu olhava furtivamente ora para o pai ora para a mãe: ele estava tranquilo, por hábito; ela, também por hábito, irritava-se às ocultas. Eu esperava que o pai falasse comigo de modo amigável, como lhe acontecia falar vez por outra. Mas ele nem sequer me concedeu seu frio carinho de todos os dias. "Vou contar tudo a Zinaída?" — pensei. — "De qualquer jeito, está tudo acabado entre nós". Fui à casa dela, porém não apenas não lhe contei nada, como não consegui, ao menos, conversar com ela conforme desejava. O filho da velha princesa, cadete de uns doze anos de idade, viera de Petersburgo a fim de passar as férias com a mãe, e Zinaída logo me confiou seu irmão.

— Esse aí — disse ela — é meu querido Volódia[43] (foi pela primeira vez que me chamou assim), meu amigo. Ele também se chama Volódia. Ame-o, por favor; ele ainda está meio acanhado, mas tem um coração bom. Mostre-lhe o Neskútchny, passeie com ele, dê-lhe a sua proteção. Você fará isso, não é? Você também é tão bom!

Ela me pôs, com ternura, ambas as mãos nos ombros, e eu me senti totalmente perdido. A vinda daquele menino transformava-me num menino igual. Calado, eu olhava para o cadete, que também me fitava de boca fechada. Zinaída soltou uma gargalhada e empurrou-nos um para o outro:

— Abracem-se, pois, crianças!

Nós nos abraçamos.

— Quer que o leve para o jardim? — perguntei ao cadete.

— Faça o favor — respondeu ele com a voz rouquenha de um verdadeiro cadete.

Zinaída tornou a rir. Tive o tempo de reparar naquelas lindíssimas cores que ainda não vira nunca no rosto dela.

Levei o cadete embora. Em nosso jardim havia um balanço velhinho. Fiz que ele se sentasse em cima da fina tabuinha e comecei a balançá-lo. Ele se mantinha

---

[43] Forma diminutiva e carinhosa do nome Vladímir.

imóvel, com sua nova fardazinha de grosso tecido de lã munida de largos galões dourados, e segurava com força as cordas.

— Desabotoe, pois, sua gola — disse-lhe eu.

— Não é nada, estamos acostumados — rebateu ele com uma tosse.

Ele se parecia com sua irmã; recordavam-na, sobretudo, seus olhos. Era-me agradável entretê-lo e, ao mesmo tempo, a mesma dolorosa tristeza roía-me discretamente o coração. "Agora é que sou uma criança" — pensava eu — ", mas ontem...". Lembrei onde tinha perdido, na noite anterior, o meu canivete e reencontrei-o. O cadete pediu que lhe desse o canivete, pegou um grosso caule de um arbusto, recortou um pífaro[44] e pôs-se a assoviar. Otelo também assoviou.

Mas como ele chorou de noite, aquele mesmo Otelo, nos braços de Zinaída, quando esta o encontrou num cantinho do jardim e perguntou por que estava tão triste! As lágrimas me jorraram com tanta força que ela levou um susto.

— O que tem, o que tem, Volódia? — repetia ela e, vendo que eu não lhe respondia nem cessava de chorar, já ia beijar minha face molhada. Mas eu lhe virei as costas e murmurei, através dos prantos:

— Sei tudo! Por que você brincava comigo? Para que precisava de meu amor?

— Tenho culpa perante você, Volódia... — disse Zinaída. — Ah, tenho muita culpa... — acrescentou,

---

[44] Espécie de flauta rústica de som agudo e estridente.

crispando as mãos. — Quanta coisa ruim, obscura e pecadora é que há em mim! Mas agora não estou brincando com você; eu o amo, e você nem suspeita por que nem como... todavia, o que é que você sabe?

O que podia dizer-lhe? Ela estava de pé, na minha frente; ela me fitava, e eu pertencia-lhe todo, da cabeça aos pés, desde que ela olhava para mim... Um quarto de hora mais tarde, já apostava corrida com o cadete e Zinaída; não chorava, mas ria, embora as minhas pálpebras túmidas deixassem caírem as lágrimas enquanto ria assim; uma fita de Zinaída pendia-me no pescoço, em vez da gravata, e eu gritei de alegria ao conseguir apanhar a princesinha pela cintura. Ela fazia de mim tudo quanto queria.

XIX

Eu ficaria muito embaraçado se me fizessem contar detalhadamente o que se dera comigo ao longo da semana subsequente à minha malograda expedição noturna. Era um tempo estranho, febricitante, uma espécie de caos em que giravam, qual um turbilhão, os mais contraditórios sentimentos e pensamentos, suspeitas e esperanças, alegrias e sofrimentos; eu temia olhar para dentro de mim mesmo, se é que um garoto de dezesseis anos pode olhar para dentro de si, temia dar-me conta de qualquer acontecimento que fosse. Estava apenas apressado a passar o dia e atingir a noite; em compensação, dormia bem de noite... era a leviandade infantil que me ajudava. Não queria saber se me amavam nem reconhecer, no íntimo, que não me amavam; andava distante do pai, porém não conseguia distanciar-me de Zinaída. Era como se um fogo me abrasasse em sua presença... mas para que necessitaria saber que fogo seria aquele que me queimava e derretia, se era tão doce ser queimado e derretido? Eu me entregava a todas as minhas impressões, enganava a mim mesmo, virava as costas às recordações e fechava os olhos perante aquilo que pressentia lá no futuro. Essa angústia não teria durado, quiçá, muito tempo... uma trovoada acabou, de pronto, com tudo e arremessou-me numa direção nova.

Voltando um dia, na hora do almoço, de um passeio bastante longo, fiquei espantado de saber que almoçaria sozinho, que meu pai havia saído e minha mãe estava indisposta e não queria comer, trancada no quarto dela. Ao ver os rostos de nossos lacaios, adivinhei que sobreviera algo extraordinário. Não tive a coragem de interrogá-los, mas recorri ao meu amigo, jovem copeiro chamado Filipp que adorava ler versos e tocava violão como um verdadeiro artista. Ele me contou que uma horrível cena ocorrera entre meu pai e a mãezinha (tudo se ouvira, até a última palavra, no quarto das criadas; muita coisa fora dita em francês, mas a criada Macha tinha servido, por cinco anos, na casa de uma modista de Paris e entendia tudo), que minha mãe acusara o pai de ser infiel, tendo um caso com a senhorita vizinha, que a princípio o pai tentara desmentir tais acusações, mas depois explodira e, por sua vez, dissera uma palavra cruel — "parece que sobre a idade da senhora" —, e que a mãezinha ficara chorando. Contou-me também que a mãezinha se referira a uma letra de câmbio, a qual teria sido entregue à velha princesa, tratando-a, bem como a senhorita, de forma muito ofensiva, e que então meu pai chegara a ameaçá-la.

— E aconteceu todo o mal — prosseguiu Filipp — por causa de uma carta anônima, mas quem a escreveu não se sabe; senão, que razão haveria para esse negócio sair assim para fora?

— Será que houve alguma coisa? — articulei essa frase a custo, enquanto as mãos e os pés me gelaram e algo estremeceu bem no fundo do meu peito.

Filipp lançou uma piscadela significante.

— Houve. Não dá para esconder essas coisas; por mais que seu papaizinho fosse cauteloso nesse caso, mas precisou, por exemplo, arrumar uma carruagem ou mais algum negocinho... e não se faz isso sem ajudantes.

Mandei Filipp embora e desabei sobre a minha cama. Não fiquei soluçando nem me entreguei ao desespero; não me perguntei quando e como tudo aquilo acontecera; não me espantei de não ter descoberto aquilo antes, havia tempos, nem mesmo me zanguei com o pai. O que soubera ultrapassava as minhas forças: a imprevista revelação me esmagara. Estava tudo acabado. Arrancadas de vez, todas as minhas flores jaziam ao meu redor, esparsas e pisoteadas.

XX

No dia seguinte a mãezinha declarou que se mudaria para a cidade. De manhã, o pai entrou no seu quarto e passou muito tempo a sós com ela. Ninguém ouviu o que ele lhe dissera, mas a mãezinha deixou de chorar: acalmou-se e pediu comida, se bem que não tivesse reaparecido nem mudado a sua decisão. Lembro como perambulei o dia todo, sem entrar no jardim nem olhar nenhuma vez para a casa dos fundos, e como de noite testemunhei um acidente pasmoso: meu pai levou o Conde Malêvski através da sala até o vestíbulo, segurando-o pelo braço, e disse-lhe com frieza, na presença de um lacaio: "Alguns dias atrás, apontaram à Vossa Alteza a porta de uma casa aí; não vou explicar-me com o senhor agora, mas tenho a honra de comunicar-lhe que, se o senhor me visitar mais uma vez, eu o jogarei da janela. Não gosto de sua letra". O conde se curvou, cerrou os dentes, encolheu-se todo e desapareceu.

Começamos a preparar-nos para voltar à cidade, onde possuíamos uma casa na rua Arbat.[45] Decerto o próprio pai não queria mais morar na chácara; teria conseguido, porém, fazer que minha mãe não tramasse escândalos. Tudo se passava em surdina, sem pressa; a mãezinha mandou mesmo saudar a velha princesa

---

[45] Uma das principais vias públicas do centro histórico de Moscou.

e dizer-lhe que sentia muito não poder revê-la, por motivos de saúde, antes da nossa partida. Eu andava como que enlouquecido e desejava apenas que tudo aquilo terminasse o mais rápido possível.

Havia um pensamento que não me saía da cabeça: como ela — uma moça tão jovem e, ainda por cima, uma princesa — tivera a ousadia de fazer uma coisa assim, sabendo que meu pai não era solteiro e tendo a possibilidade de casar-se, por exemplo, com Belovzórov? Com que ela contava, pois, como não tinha medo de destruir todo o seu futuro? "Sim" — pensava eu — ", aquilo ali é um amor, é uma paixão, é uma abnegação"... e lembrava-me das palavras de Lúchin: é doce sacrificar a si mesmo pelos outros. Um dia, vi por acaso uma mancha pálida numa das janelas da casa dos fundos... "Será o rosto de Zinaída?" — pensei. Era, de fato, o rosto dela. Não me contive. Não poderia abandoná-la sem lhe ter dito o último adeus. Escolhi um momento oportuno e fui à casa dos fundos. A velha princesa recebeu-me, na sala de estar, com sua costumeira saudação desleixada e desdenhosa:

— Por que é que os seus se agitaram tão cedo, meu queridinho? — disse ela, enchendo ambas as narinas de tabaco.

Olhei para ela e senti um alívio. A palavra "letra de câmbio" dita por Filipp atormentava-me. A velha não suspeitava de nada... ao menos, foi o que me pareceu naquele momento. Zinaída assomou do quarto vizinho, de vestido preto, pálida e despenteada; pegou-me, silenciosa, pela mão e levou-me consigo.

— Ouvi sua voz — começou ela — e logo entrei. Foi tão fácil você nos abandonar, mau garoto?

— Vim despedir-me da senhorita, princesa — respondi eu —, provavelmente para sempre. Você já ouviu, por certo, dizer que nós vamos embora.

Zinaída olhou para mim, atenta.

— Ouvi, sim. Agradeço-lhe ter vindo. Já pensava que não o veria mais. Não me leve a mal. Eu o apoquentava, às vezes; contudo, não sou como você me imagina.

Ela me virou as costas, apoiando-se no peitoril da janela.

— Juro que não sou assim. Eu sei que você pensa mal de mim.

— Eu?

— Sim, você... sim.

— Eu? — repeti, entristecido, e meu coração voltou a vibrar sob o influxo daquele mesmo charme irresistível, inexprimível. — Eu? Acredite, Zinaída Alexândrovna: faça você o que fizer, apoquente-me como quiser, eu vou amá-la e adorá-la até o fim dos meus dias.

Depressa, ela se virou para mim e, abrindo de todo seus braços, abraçou-me a cabeça e beijou-me forte e ardentemente. Deus sabe por quem procurava aquele longo beijo de despedida, mas fui eu quem provou, com avidez, a sua doçura. Sabia que ele não se repetiria nunca mais.

— Adeus, adeus — dizia eu...

Zinaída se afastou de mim e saiu. Eu também fui embora. Não sou capaz de expressar o sentimento com que me retirei. Não gostaria que ele ressurgisse algum dia; porém me acharia infeliz se jamais o tivesse experimentado.

Mudamo-nos para a cidade. Não foi rápido que me libertei do passado, não foi logo que tornei a estudar. Minha ferida se cicatrizava demoradamente; no entanto, eu não tinha nenhum sentimento ruim em relação ao meu pai como tal. Pelo contrário: ele teria crescido ainda mais aos meus olhos. Que os psicólogos expliquem essa contradição como puderem. Um dia, eu caminhava por um bulevar e, para minha inenarrável alegria, deparei-me com Lúchin. Gostava dele por sua índole sincera e alheia à hipocrisia; ademais, Lúchin me era caro graças àquelas recordações que me suscitava. Corri ao encontro dele.

— Ah-ah! — disse ele, franzindo o sobrolho. — É você, meu jovem? Mostre-se, venha. Está amarelo ainda; contudo, não tem mais aquela droga de antes nos olhos. Parece um homem e não um cachorrinho de salão. Isso é bom. Mas então, o que faz da vida, está trabalhando?

Soltei um suspiro. Não queria mentir, mas sentia vergonha em dizer a verdade.

— Não faz mal — continuou Lúchin —, não se acanhe. O principal é viver normalmente e não ceder às paixões. Que utilidade é que elas têm? Aonde quer que nos leve a onda, não nos damos bem; é melhor que vivamos de pés no chão, nem que estejamos em cima de uma pedra. Eu cá ando tossindo, e Belovzórov... já ouviu falar nele?

— Não. O que foi?

— Desapareceu sem rastro algum; dizem que partiu para o Cáucaso. É uma lição para você, meu jovem. E toda a história aconteceu porque a gente não sabe recuar na hora certa, romper as redes. Você, pelo que me parece, escapou ileso. Pois veja se não cai outra vez no anzol. Adeus.

"Não cairei..." — pensei eu. — "Não a verei mais". Estava fadado, porém, a rever Zinaída.

XXI

Meu pai andava a cavalo todos os dias; tinha um excelente cavalo inglês, um alazão tordilho, com um pescoço comprido e fino, de pernas compridas, incansável e bravo. O nome dele era Électrique. Ninguém conseguia montá-lo, à exceção de meu pai. Um dia, o pai veio ao meu quarto bem-humorado, o que não lhe acontecia havia muito tempo; pretendia passear a cavalo e já tinha calçado suas botas com esporas. Eu comecei a pedir que me levasse consigo.

— É melhor a gente brincar de eixo-badeixo — respondeu-me o pai —, que tu não vais alcançar-me com teu rocim.

— Vou, sim; eu também botarei as esporas.

— Vamos, então.

Fomos juntos. Eu montava um cavalinho murzelo, todo felpudo, de pernas fortes e assaz rápido; é verdade que ele tinha de correr a todo o galope quando o Électrique trotava para valer, mas não deixava, ainda assim, que este o ultrapassasse. Eu nunca vira um cavaleiro igual ao meu pai: ele cavalgava de uma maneira tão bela e negligentemente destra que o próprio cavalo parecia perceber isso e orgulhar-se com o seu dono. Passamos por todos os bulevares, vimos o campo Devítchie,[46] saltamos algumas cercas (de início, eu tinha medo de saltar, mas o pai desprezava a gente medrosa, e eu superei o medo), atravessamos duas vezes o rio Moscovo; eu já pensava que estávamos voltando para casa, tanto mais que o pai reparara no cansaço do meu cavalo, mas de repente ele se afastou de mim na altura do vau Krýmski e cavalgou ao longo do rio. Fui cavalgando atrás dele. Ao acercar-se de uma alta pilha de velhos madeiros, o pai apeou, num pulo, do Électrique, mandou que eu também apeasse e, entregando-me as rédeas do seu cavalo, disse que o esperasse ali mesmo, junto dos madeiros empilhados, enveredou para uma ruela e sumiu. Pus-me a caminhar, de lá para cá, pela margem do rio, puxando os cavalos e xingando o Électrique que sacudia volta e meia a cabeça, agitava o corpo todo, fungava, relinchava e, quando eu parava, ora se punha a escavar o solo com o seu casco ora mordia, guinchando, o pescoço do meu rocim — numa palavra, portava-se com um mimado *pur sang*.[47] O pai demorava a voltar. Uma umidade

---

[46] Sítio histórico na parte central de Moscou.
[47] Cavalo de puro sangue (em francês).

desagradável vinha do rio; um chuvisco miúdo e silencioso caía a salpicar de manchinhas escuras aqueles estúpidos madeiros cinza junto dos quais eu andava e que me haviam aborrecido bastante. Um tédio se apoderava de mim, mas o pai não voltava. Um vigilante policial, aparentemente finlandês, também todo cinza, com um enorme capacete velho, em forma de um pote, na cabeça e uma alabarda na mão (por que é que um vigilante se encontraria na margem do rio Moscovo?), abordou-me e, dirigindo para mim seu rosto senil e coberto de rugas, disse:

— O que está fazendo aí com esses cavalos, sinhô? Deixe-me segurá-los.

Não lhe respondi, e o vigilante me pediu tabaco. Para me livrar dele (além do mais, a impaciência me atormentava), fiz alguns passos na mesma direção que tomara meu pai, depois percorri a ruela até o fim, dobrei a esquina e parei. Meu pai estava de pé, virando-me as costas, naquela rua, a uns quarenta passos de mim, defronte da janela aberta de uma casinha de madeira. Ele se apoiava no peitoril, e dentro da casinha estava sentada uma mulher de vestido escuro; meio tapada pela cortina, ela conversava com o meu pai. Aquela mulher era Zinaída.

Fiquei petrificado. Confesso que não esperava, de modo algum, por isso. Meu primeiro impulso consistia em fugir. "O pai olhará para trás" — pensara — ", e estou perdido...". Mas um sentimento estranho, um sentimento mais forte que a curiosidade, até mesmo mais forte que o ciúme e o medo, deteve-me lá.

Passei a olhar, a escutar com toda a atenção. O pai parecia insistir em algo. Zinaída não concordava. Como se fosse agora, vejo o rosto dela — tristonho, sério, bonito, marcado por uma inexprimível mistura de abnegação, tristeza, amor e certo desespero... não consigo escolher outro termo. Ela pronunciava palavras monossilábicas, não levantava os olhos, apenas sorria dócil e persistente. Só por aquele sorriso reconheci minha Zinaída de antes. O pai deu de ombros e ajustou o seu chapéu na cabeça, gesto que sempre atestava a sua impaciência. Depois se ouviram as palavras: *"Vous devez vous séparer de cette..."*.[48] Zinaída se reergueu e estendeu o braço. De súbito, algo incrível se deu ante meus olhos: o pai agitou repentinamente a vergasta, com a qual tirava, a pancadinhas, a poeira da aba de sua sobrecasaca, e um brusco golpe atingiu aquele braço desnudo até o cotovelo. Mal pude reter um grito, e Zinaída estremeceu, olhou, calada, para o meu pai e, levando devagarinho o braço aos lábios, beijou o vergão rubro que surgira nele. O pai jogou a vergasta fora e, subindo a correr os degraus de entrada, irrompeu na casa... Zinaída se virou e, estendendo os braços, atirando para trás a cabeça, também se afastou da janela.

Gelando de susto, com certo pavor mesclado com a perplexidade no coração, fui correndo embora dali, atravessei a ruela, quase deixei o Électrique fugir e

---

[48] Você deve separar-se daquela... (em francês).

voltei, afinal, para a margem do rio. Não conseguia entender nada. Sabia que, frio e reservado, meu pai era, de vez em quando, acometido por acessos de raiva, mas não chegava, ainda assim, a compreender o que tinha visto. No entanto, logo percebi que, por mais longa que viesse a ser minha vida futura, jamais me seria possível esquecer aquele gesto, aquele olhar, aquele sorriso de Zinaída, cuja imagem, aquela nova imagem que de improviso surgira na minha frente, ficaria para sempre gravada em minha memória. Olhava, atordoado, para o rio, e não reparava nas lágrimas que me rolavam pelas faces. "Batem nela" — pensava —, "batem... batem...".

— O que tens, hein? Traz-me o cavalo! — a voz de meu pai ressoou atrás de mim.

Passei-lhe maquinalmente as rédeas. Ele montou, saltando, o Électrique. O cavalo, que estava com frio, ergueu-se nas pernas traseiras e pulou para a frente, uma braça e meia de vez... porém o pai o dominou de pronto, enfiando-lhe as esporas nos flancos e dando um murro no seu pescoço. "Eh, que pena não ter vergasta!" — murmurou ele.

Lembrei-me do recente silvo e do golpe daquela vergasta e estremeci todo.

— Onde foi que a meteste? — perguntei ao pai pouco depois.

O pai não me respondeu e foi galopando. Alcancei-o. Queria ver, de qualquer maneira que fosse, o rosto dele.

— Sentiste minha falta? — disse ele sem descerrar os dentes.

— Um pouquinho. Onde foi, pois, que deixaste cair a tua vergasta? — voltei a perguntar.

O pai me lançou uma rápida olhadela.

— Não a deixei cair — respondeu —, joguei-a fora.

Ele ficou pensativo e abaixou a cabeça. E foi então que, pela primeira e, quem sabe, pela última vez, eu vi quanta ternura e contrição podiam exprimir as suas severas feições.

Ele tornou a galopar, e eu não consegui alcançá-lo de novo; cheguei a casa um quarto de hora mais tarde que ele.

"Eis o que é um amor" — dizia-me novamente, sentado, de noite, junto da minha escrivaninha em cima da qual já começavam a aparecer cadernos e livros — ", eis o que é uma paixão! Parece que não se pode deixar de se revoltar, que é impossível suportar o golpe de qualquer mão que fosse... nem da mão mais querida! Ah, sim, dá para ver que é possível quando se ama! E eu... eu cá imaginava...".

Aquele último mês me amadurecera muito, e meu amor, com todas as suas comoções e mágoas, parecera a mim mesmo algo tão pequeno, tão infantil e mesquinho perante aquele outro sentimento desconhecido, sentimento que eu podia apenas intuir e que me amedrontava como um semblante alheio, belo, mas pavoroso semblante que se procura em vão enxergar na penumbra...

Naquela mesma noite, eu tive um sonho estranho e assustador. Sonhei que estava entrando num quarto baixo e escuro. Meu pai se encontrava ali, com uma vergasta na mão, e batia os pés; recolhida num canto, Zinaída não tinha mais marca vermelha no braço e, sim, na testa. E, por trás deles, surgia Belovzórov, todo ensanguentado, abrindo seus lábios exangues e ameaçando, furioso, meu pai.

Dois meses mais tarde eu me matriculei na universidade, e seis meses depois meu pai faleceu (vítima de um derrame) em Petersburgo, para onde acabava de mudar-se com minha mãe e comigo. Alguns dias antes da sua morte ele recebera de Moscou uma carta que o deixara extremamente emocionado: fora pedir alguma coisa à mãezinha e, dizem, até chorara — ele, meu pai! Naquela mesma manhã em que seria fulminado pelo derrame, ele se pôs a escrever uma carta para mim. "Meu filho" — escrevia-me em francês — ", teme o amor feminino, teme essa felicidade, esse veneno...". Quando ele morreu, a mãezinha enviou uma quantia bastante vultosa para Moscou.

XXII

Decorreram uns quatro anos. Acabando de sair da universidade, eu não sabia ainda o que faria da vida, a que porta iria bater: andava, por ora, desocupado. Numa bela tarde, encontrei Maidânov no teatro. Ele tivera o tempo de casar-se e de ingressar no serviço público, mas eu não o achei nem um pouco mudado. Ele continuava a extasiar-se sem justa causa e a desanimar-se de supetão.

— Aliás, você sabe — disse-me ele — que a Senhora Dólskaia está aqui?

— Quem é a Senhora Dólskaia?

— Será que esqueceu? A jovem Princesa Zassêkina pela qual todos nós estávamos apaixonados, inclusive você. Lembra aquela chácara perto do Neskútchny?

— O marido dela se chama Dólski?

— Sim.

— E ela está aqui, no teatro?

— Não, mas está em Petersburgo; veio um dia destes. Prepara-se para ir ao estrangeiro.

— Quem é o marido dela? — perguntei eu.

— Um bom sujeito, abastado. É meu colega moscovita. Você entende, após aquela história... você deve saber muito bem tudo aquilo (Maidânov sorriu de maneira significante)... não foi fácil ela arranjar um marido: houve consequências... mas, com a inteligência dela, tudo é possível. Vá visitar a princesa: ela ficará muito contente de vê-lo. Ficou mais bela ainda.

Maidânov me entregou o endereço de Zinaída. Ela se hospedara no hotel de Demut. Minhas antigas recordações tornaram a mover-se... jurei a mim mesmo que logo no dia seguinte visitaria a minha antiga "namorada". Tive, porém, alguns negócios; passou-se uma semana, depois a outra, e, quando me dirigi, finalmente, ao hotel de Demut e perguntei pela Senhora Dólskaia, fiquei sabendo que, quatro dias antes, ela morrera, quase instantaneamente, de parto.

Foi como se algo me tivesse empurrado o coração. A ideia de que podia tê-la visto e não a vira nem a veria nunca mais, essa ideia amarga perpassou-me com toda a força de um reproche inelutável. "Ela morreu!" — repeti, olhando, embrutecido, para o porteiro. Saí devagar do hotel e fui não sabia aonde. Todo o ocorrido veio, de uma vez só, à tona e postou-se na minha frente. Eis como terminara, eis a que tendera, apressada e emocionada, aquela jovem, ardente e fúlgida vida! Pensava nisso, imaginava aquelas caras feições, aqueles olhos, aquelas madeixas num estreito caixão, na úmida escuridão subterrânea, lá mesmo, perto de mim, ainda vivo, e talvez a poucos passos do meu pai. Pensava nisso tudo, forçando a minha imaginação, enquanto os versos: "Dos lábios impassíveis eu ouvira / A fúnebre notícia, impassível..."[49] soavam em minha alma. Ó juventude, juventude! Tu não te importas com nada, como se possuísses todos os tesouros do universo; até a tristeza te alegra, até o pesar te cai bem! Estás segura de ti e ousada, andas dizendo: "Só eu é que vivo, olhem!", ao passo que os teus dias correm e somem sem rastro nem conta, e todo o teu charme some como a cera derretida pelo sol, como a neve. E pode ser que todo o mistério desse teu charme não consista na possibilidade de fazer tudo, mas, sim, na possibilidade de pensar que farás tudo, precisamente em gastares tuas forças à toa, sem teres podido utilizá-las para outros fins, em cada um de nós se considerar, com plena seriedade, um perdulário e achar seriamente que tem o direito de dizer: "Oh, o que eu teria feito, se não tivesse esbanjado o meu tempo!".

---

[49] Fragmento do poema "*Foi sob os céus azuis do meu país...*" de Alexandr Púchkin.

Pois eu também... com que eu contava, por que esperava, que porvir rico previa, despedindo-me com um só suspiro, com uma só sensação tristonha, do espectro de meu primeiro amor que surgira por um só instante.

O que se realizou daquilo tudo com que eu contava? E agora que as sombras noturnas já vêm obscurecendo a minha vida, o que é que me resta de mais fresco, de mais precioso, senão as recordações daquela tempestade que passara voando numa manhã primaveril?

Contudo, denigro-me em vão. Mesmo então, naqueles levianos tempos da juventude, eu não me quedei surdo à triste voz que clamara por mim, ao solene som que me viera do além-túmulo. Lembro como, alguns dias depois de saber que Zinaída havia morrido, eu presenciei, incitado pela minha própria vontade irresistível, a morte de uma pobre velhinha que morava no mesmo prédio conosco. Coberta de farrapos, prostrada nas duras tábuas com um sacão sob a cabeça, ela morria lenta e dolorosamente. Toda a sua vida transcorrera numa amarga luta com a penúria cotidiana; ela não vira a alegria nem provara o mel da felicidade — parecia que ia alegrar-se com a morte, sua liberdade e sua paz. Entretanto, ao passo que seu corpo decrépito ainda teimava em viver e seu peito vibrava ainda, com sofrimento, debaixo da gélida mão que o apertava, antes de suas últimas forças a abandonarem, a velhinha não cessava de benzer-se e cochichava sem parar: "Senhor, perdoai-me os meus pecados"; foi apenas com a derradeira chispa da consciência que a expressão de medo e pavor de morrer desapareceu dos seus olhos. E lembro como na hora, ao lado do leito de morte daquela pobre velhinha, eu também senti medo por Zinaída e quis rezar por ela, pelo meu pai e por mim mesmo.[50]

* * *

Vladímir Petróvitch calou-se e abaixou a cabeça, como que esperando pelas palavras de seus ouvintes. No entanto, nem Serguei Nikoláievitch nem o dono da casa rompiam o silêncio, e ele próprio não tirava os olhos do seu caderno.

— Parece — começou ele, enfim, com um sorriso forçado — que os senhores se aborreceram com esta confissão minha.

— Não — redarguiu Serguei Nikoláievitch —, mas...

— Mas o quê?

— Assim... eu queria dizer que estamos vivendo numa época estranha... e que somos, nós mesmos, estranhos.

— Por que será?

---

[50] Nisso termina o texto original de *O primeiro amor*. O texto a seguir foi escrito por Turguênev especialmente para o leitor ocidental e incluso, como posfácio, nas edições francesas e alemãs deste conto.

— Somos um povo estranho — repetiu Serguei Nikoláievitch. — Pois o senhor não acrescentou nada a essa sua confissão?

— Nada.

— Hum. Aliás, dá para perceber isso. Parece-me que apenas na Rússia...

— Uma história assim é possível! — interrompeu-o Vladímir Petróvitch.

— Um conto assim é possível.

Vladímir Petróvitch ficou calado.

— E qual é a sua opinião? — perguntou, dirigindo-se ao dono da casa.

— Concordo com Serguei Nikoláievitch — respondeu este, também sem erguer os olhos. — Mas não se assuste: a gente não quer dizer com isso que é uma pessoa ruim... ao contrário. Queremos dizer que as condições de vida em que todos nós crescemos e fomos criados surgiram de modo peculiar e sem precedentes, e que é pouco provável elas reaparecerem no futuro. Ficamos apavorados com o seu relato simples e natural... não é que ele nos tenha abalado com sua amoralidade, mas houve nele algo mais profundo e obscuro que uma amoralidade comum. De fato, o senhor não tem culpa de nada, porém dá para sentir a culpa geral de um povo inteiro, algo semelhante a um crime.

— Que exagero! — notou Vladímir Petróvitch.

— Pode ser. Mas eu repito a frase de "Hamlet": há algo de podre no reino da Dinamarca. Aliás, esperemos que nossos filhos não tenham de contar sua juventude dessa maneira.

— Sim — disse Vladímir Petróvitch, meditativo. — Vai depender daquilo que preencherá a juventude deles.

— Esperemos, pois — repetiu o anfitrião, e seus amigos foram, silenciosos, embora.

Lady Macbeth do distrito de Mtsensk

NIKOLAI LESKOV

Um ensaio

Puxar, corando, seu primeiro canto...

Ditado

Capítulo primeiro

Às vezes, surgem em nossas plagas tais personagens que nunca se lembra de algumas delas sem certo abalo espiritual, por mais anos que se passem após o encontro com essas pessoas. Pertence à classe das personagens assim Katerina Lvovna Ismáilova, esposa de um comerciante que fez outrora um drama terrível, em consequência do qual nossos fidalgos passaram a chamá-la, segundo a expressão oportuna de alguém, *Lady Macbeth*[1] *do distrito de Mtsensk*.[2]

Katerina Lvovna não nascera uma beldade, mas possuía uma aparência muito agradável. Ainda não completara nem vinte e quatro anos; de estatura pequena, mas toda esbelta, ela tinha um pescoço como que esculpido de mármore, ombros roliços e seios firmes, um narizinho reto e fino, olhos negros e vivos, uma testa branca e alta, e uma cabeleira tão preta que tirava a azul. Estava casada com nosso comerciante Ismáilov, oriundo das redondezas do Tuskar, na província de Kursk:[3] não por amor ou alguma atração mútua, mas porque Ismáilov a pedira em casamento, e ela era uma moça pobre e não podia escolher dentre os noivos. A casa dos Ismáilov não era a última da nossa cidade: essa família vendia cereais em grãos, mantinha um grande moinho arrendado no interior do distrito, dispunha de uma rentável propriedade rural e uma boa casa urbana. Em suma, eram comerciantes abastados. A própria família, ademais, era bem pequena: apenas o sogro, Boris Timoféitch Ismáilov, homem de quase oitenta anos de idade e, há muito tempo, viúvo; seu filho Zinóvi Boríssytch, esposo

---

[1] Alusão a *Macbeth*, uma das mais conhecidas tragédias de William Shakespeare (1564–1616), cuja protagonista é retratada como uma mulher ambiciosa e cínica a ponto de cometer um crime.
[2] Pequena cidade localizada na parte central da Rússia (região de Oriol).
[3] Cidade russa situada na foz do rio Tuskar.

de Katerina Lvovna que já passara, por sua vez, dos cinquenta anos, e Katerina Lvovna em pessoa. Casada com Zinóvi Boríssytch por cinco anos, Katerina Lvovna não tinha filhos. Zinóvi Boríssytch tampouco tinha filhos da sua primeira mulher com a qual vivera uns vinte anos antes de enviuvar e casar-se com Katerina Lvovna. Ele esperava que Deus lhe desse, pelo menos no segundo casamento, um herdeiro de seu nome e capital comerciário, mas nem com Katerina Lvovna conseguiu realizar esse sonho.

Tal infertilidade causava a Zinóvi Boríssytch muita tristeza, e não só a Zinóvi Boríssytch como também ao velho Boris Timoféitch e mesmo à própria Katerina Lvovna. Primeiro, o desmedido fastio da mansão trancada dos comerciantes, com sua alta cerca e cães de guarda que corriam soltos, não raro deixava a jovem mulher enlouquecida de tédio, e ela estaria feliz, Deus sabe como, de poder criar um filhinho; além disso, estava farta de reproches: "Por que te casaste e para que te casaste; por que amarraste o destino do homem, inútil?", como se tivesse realmente cometido um crime perante o marido e o sogro, e toda a sua honesta estirpe comerciária em geral.

Apesar de toda a abastança e opulência, a vida de Katerina Lvovna na casa do sogro era a mais tediosa possível. Raras vezes ela saía com o marido e, mesmo indo visitar, em sua companhia, os comerciantes vizinhos, tampouco se animava com isso. Todas aquelas pessoas eram severas e observavam como ela se sentava e ficava em pé, como estava andando, e Katerina Lvovna tinha uma índole ardorosa e acostumara-se, desde que vivia, moça solteira, na pobreza, à simplicidade e à liberdade: teria gostado de correr, com baldes nas mãos, até o rio e banhar-se, de camisola, embaixo do cais, ou então de jogar, abrindo de chofre a sua portinhola, casquinhas das sementes de girassol num jovem passante. Contudo, vivia de modo bem diferente. O sogro e o marido levantavam-se muito cedo, tomavam chá às seis horas da manhã e iam trabalhar, e ela se punha a vaguear, sozinha, de quarto em quarto. Estava lá tudo limpo, silencioso, vazio; as lamparinas cintilavam ante os ícones, e não havia, em nenhum canto daquela casa, nem um som vivo, nem uma voz humana.

Andava, pois, Katerina Lvovna pelos quartos vazios e, começando a bocejar de tão enfadada, subia a escadinha que conduzia ao quarto dos cônjuges, situado num alto e pequeno mezanino. Ficava sentada ali, observando os serventes pendurarem o cânhamo junto dos celeiros ou descarregarem os grãos, voltava a bocejar e distraía-se dessa maneira; adormecia, por uma hora ou duas, e acordava imersa de novo naquele tédio russo, próprio de uma casa de comerciantes, por causa do qual a gente se enforcaria, como se diz, jovialmente. Katerina Lvovna não tinha gosto pela leitura, e não havia, aliás, outros livros em sua casa senão o *Patericon* de Kiev.[4]

---

[4] Coletânea de contos sobre os feitos espirituais dos monges que viviam, desde o século XI, no célebre Monastério de Kiev.

Levava Katerina Lvovna uma vida angustiante na casa rica do sogro, casada por cinco anos com um homem descarinhoso; todavia, ninguém prestava, como de praxe, a mínima atenção àquelas angústias dela.

Capítulo segundo

Decorria a sexta primavera desde que Katerina Lvovna estava casada, quando se rompeu a represa do moinho de Ismáilov. Havia lá, como que de propósito, muitos grãos a moer naquele momento, e o estrago que se deu foi enorme: a água se acumulou sob o tablado que recobria parte do açude, e não se podia, de modo algum, retirá-la depressa. Zinóvi Boríssytch mandara os camponeses de todos os arredores virem ao seu moinho e não arredava, ele mesmo, o pé dali. Era o velho quem dirigia, sozinho, os negócios urbanos; quanto a Katerina Lvovna, ela passava dias inteiros em casa, totalmente só e toda agoniada. Sentia-se, a princípio, mais enfadada ainda na ausência de seu marido, mas em seguida achou que seria melhor assim: uma vez só, ficaria mais livre. Nunca tivera, no fundo do coração, especial afeto pelo esposo, e sua partida fez, afinal de contas, que houvesse um comandante a menos na vida dela.

Um dia, Katerina Lvovna estava sentada em suas alturas, perto da janelinha, e bocejava, volta e meia, sem refletir em nada concreto; envergonhou-se, por fim, de estar bocejando. E o tempo, lá fora, estava maravilhoso — quente, luminoso, risonho —, e, através das verdes grades de madeira que circundavam o jardim, dava para avistar vários passarinhos voarem, de galho em galho, por entre as árvores.

"Por que é que estou assim, bocejando o tempo todo?" — pensou Katerina Lvovna. — "Vou levantar-me, ao menos, darei uma volta pelo quintal ou pelo jardim".

Pôs Katerina Lvovna nos ombros um velho casaquinho de *stoff*[5] e saiu de casa.

E no quintal havia tanta luz e respirava-se tão bem, e na galeria, junto dos celeiros, ouvia-se um gargalhar tão alegre!

— Por que essa alegria toda? — perguntou Katerina Lvovna aos empregados do sogro.

— É que, mãezinha Katerina Ilvovna,[6] pesávamos uma porca viva — respondeu-lhe um velho feitor.

— Mas que porca?

— A porca Aksínia que pariu o filhote Vassíli, mas não nos chamou para o batismo — contou, de maneira afoita e engraçada, um valentão cujo rosto, bonito e insolente, estava emoldurado por cachos negros que nem o piche e uma barba que mal começava a brotar.

De uma dorna para farinha, pendurada no travessão da balança, assomou, nesse momento, o gordo carão vermelho da cozinheira Aksínia.

---

[5] Tecido encorpado de lã ou seda (em alemão).
[6] Forma regional do patronímico Lvovna (isto é, "filha de Lev").

— Rabudos, diabos safados! — xingava a cozinheira, tentando agarrar-se ao travessão de ferro e pular fora da dorna que balouçava.

— Tem oito *puds*[7] antes de almoçar e, se comesse uma meda de feno, então os pesos nos faltariam — tornou a explicar o rapaz bonito e, virando a dorna, jogou a cozinheira sobre uma pilha de sacos amontoados num canto.

Xingando por brincadeira, a mulheraça foi arrumando as roupas.

— E que peso eu tenho, hein? — brincou Katerina Lvovna e pôs-se, pegando as cordas, em cima da tábua.

— Três *puds* e sete libras — respondeu o mesmo valentão bonito, Serguei, jogando uns pesos no prato da balança. — Um milagre!

— Por que estás admirado?

— Porque a senhora pesa três *puds*, Katerina Ilvovna. Mesmo se a carregasse — assim é que penso — o dia inteiro nos braços, não ficaria cansado, mas só sentiria prazer.

— Pois eu, por acaso, não sou gente, é isso? Também ficarias cansado — respondeu, corando de leve, Katerina Lvovna que, já desacostumada de semelhantes falas, sentiu um repentino e forte desejo de conversar e de dizer tantas palavras alegres e divertidas.

— Juro por Deus que não! Ia levá-la para a Arábia feliz — rebateu Serguei a objeção dela.

---

[7] Antiga medida de peso russa, equivalente a 16,38 kg.

— Mas teu raciocínio, meu caro, está errado — disse o homenzinho que descarregava os grãos. — O que é este peso que temos? Será que o corpo da gente tem algum peso? O corpo da gente, meu queridinho, não significa nada em matéria de peso: é nossa força, a força tem peso, e não o corpo!

— Sim, eu era fortona, quando moça — replicou, sem se conter outra vez, Katerina Lvovna. — Nem todo homem me superava.

— Então me dê a sua mãozinha, se for verdade — pediu o valentão bonito.

Ainda que embaraçada, Katerina Lvovna lhe estendeu a mão.

— Ai, larga a aliança: dói! — gritou Katerina Lvovna, quando Serguei apertou a mão dela com a sua, e empurrou-o, com a mão livre, no peito.

O valentão soltou a mão da senhora e fez, por causa do seu empurrão, dois passos para trás.

— Vixe... nem diria que é uma mulher — espantou-se o homenzinho.

— Não, permita-me que a tome assim, pelos braços — insistia Serguei, agitando os seus cachos.

— Toma, vem — respondeu, toda animada, Katerina Lvovna e soergueu os cotovelinhos.

Serguei abraçou a jovem senhora e apertou o peito durinho dela à sua camisa vermelha. Katerina Lvovna apenas moveu os ombros, e Serguei levantou-a nos braços e segurou-a acima do chão, depois a estreitou com toda a força e colocou, ternamente, sobre a dorna emborcada.

Katerina Lvovna nem tivera tempo para usar sua força alardeada. Rubra até as orelhas, arrumou, ainda sentada em cima da dorna, o casaquinho que lhe deslizara do ombro e saiu, caladinha, do celeiro. E Serguei gritou, com uma tossidela audaz:

— Ei, vocês aí, bobalhões malditos! Mexe-te, amigo, joga aqui o trigo! Enche o celeiro, que vem o teu dinheiro! — como se não tivesse prestado atenção ao que acabava de ocorrer.

— Aquele Seriojka[8] é um mulherengo danado! — contava, capengando atrás de Katerina Lvovna, a cozinheira Aksínia. — Tem tudo, ladrão — e altura e carinha e boniteza —, faz que a gente derreta e leva ao pecado. E como é inconstante, aquele safadão, como é inconstante, mas como é!

— E tu, Aksínia... hein? — dizia, indo na sua frente, a jovem senhora. — Teu menino está vivo?

— Está, mãezinha, está vivinho: não se faz nada com ele. Quem não precisa de filhos tem prole forte.

— Onde foi que o arranjaste?

— Ih! Atrás da primeira moita... que a gente vive no meio do povo... atrás da primeira moita.

— Faz tempo que esse moço trabalha aqui?

— Mas que moço? Serguei, não é?

— É.

— Um mês, por aí. Antes servia na casa dos Koptchônov, mas o senhor o mandou embora. —

---

[8] Forma diminutiva e carinhosa do nome Serguei (a par das variantes "Serioja", "Seriójetchka" e similares).

Aksínia abaixou a voz e terminou seu relato: — Dizem que fazia amores com a própria senhora... eis como é corajoso, que tenha a alma três vezes excomungada!

Capítulo terceiro

Um morno crepúsculo da cor de leite envolvia a cidade. Zinóvi Boríssytch ainda não retornara da sua represa. O sogro Boris Timoféitch tampouco estava em casa: tinha ido ao aniversário de um velho amigo, dizendo para não o esperarem nem para o jantar. Por falta de afazeres, Katerina Lvovna jantou cedo, abriu a janelinha do seu mezanino e, encostando-se no umbral, pôs-se a descascar sementes de girassol. Os empregados haviam jantado na cozinha e espalhavam-se pelo quintal: um deles ia dormir embaixo de uma granja, um outro ao pé dos celeiros, um outro ainda nos altos e cheirosos feneiros. Serguei foi o último a sair da cozinha. Caminhou um pouco pelo quintal, soltou os cães de guarda, assoviou e, passando sob a janela de Katerina Lvovna, olhou para ela e fez uma profunda mesura.

— Boa noite — disse-lhe, bem baixinho, Katerina Lvovna, lá das alturas, e o quintal ficou todo silencioso, qual um deserto.

— Senhora! — disse alguém, dois minutos depois, às portas trancadas de Katerina Lvovna.

— Quem está aí? — perguntou Katerina Lvovna com susto.

— Não se assuste, por favor: sou eu, Serguei — respondeu o feitor.

— O que queres, Serguei?

— Tenho um pedido, Katerina Ilvovna: venho pedir que vossa mercê me faça um favorzinho. Tenha a bondade de me deixar entrar por um minutinho.

Katerina Lvovna girou a chave e deixou Serguei entrar.

— O que queres? — indagou, afastando-se em direção à janelinha.

— Vim perguntar, Katerina Ilvovna, se a senhora não teria, por acaso, algum livrinho para eu ler. Estou com muito enfado.

— Não tenho, Serguei, nenhum livrinho: não leio livros — respondeu Katerina Lvovna.

— Tanto enfado — queixou-se Serguei.

— Por que é que estás com enfado?

— Misericórdia: como não estaria? Sou jovem, mas a gente vive como que num monastério, e lá na frente só percebo que talvez tenha, até a cova, de me perder nessa solidão toda. Às vezes, fico mesmo desesperado.

— E por que não te casas, então?

— É fácil dizer, senhora, para que me case! Com quem me casaria aqui? Sou um homem insignificante; uma mocinha de boa família não se casará comigo, e nossas moças, Katerina Ilvovna, são todas broncas por causa da pobreza, como a senhora se digna a saber. Será que elas podem entender realmente de amor? Aliás, a senhora está vendo que nem os ricos entendem disso. A senhora, podemos dizer, seria apenas um reconforto para qualquer outro homem que tem sentimentos, e eles a mantêm numa jaula, feito um canário.

— Estou com tédio, sim — deixou escapar Katerina Lvovna.

— E como não estaria com tédio, senhora, nessa vida? Nem mesmo se tivesse algum namorado lá fora, igual a outras mulheres, nem mesmo assim poderia encontrar-se com ele.

— Mas tu falas... coisas erradas. Se eu tivesse dado à luz um filhinho, aí sim, aí ficaria, parece, feliz com ele.

— Pois aquilo ali, senhora... permita dizer-lhe que um filhinho também nasce depois de alguma coisa e não assim, sozinho. Será que eu cá não compreendo isso, já que morei tantos anos nas casas da senhoria e vi como vivem as mulheres de nossos comerciantes? Como naquela canção: "Estou sem abrigo, se longe do meu amigo", e digo-lhe, Katerina Ilvovna, que sinto tanto, posso dizer, esse negócio de estar sem abrigo no meu próprio coração que o cortaria mesmo, com uma faca de aço, deste meu peito e jogaria aos seus pezinhos. E me sentiria, então, mais leve, cem vezes mais leve...

A voz de Serguei estava tremendo.

— Que coisas são essas que tu me contas aí sobre o teu coração? Não preciso delas. Vai, pois, embora...

— Não, permita, minha senhora — disse Serguei, todo trêmulo, e achegou-se a Katerina Lvovna. — Eu sei, eu vejo e até mesmo percebo e compreendo que a sua vida não é mais fácil que a minha. Só que agora...

— pronunciou ele num sopro —, só que agora está tudo isso nas suas mãos e depende da sua vontade.

— O que tens? O quê? Por que foi que vieste aqui? Vou pular da janela — disse Katerina Lvovna, sentindo-se sob o domínio insuportável de um medo indescritível, e agarrou-se, com uma mão, ao peitoril.

— Por que pularias, minha vida incomparável? — cochichou Serguei, desenvolto, e, apartando a jovem senhora da janela, abraçou-a com força.

— Oh, oh, larga-me! — gemia baixinho Katerina Lvovna, enfraquecendo sob os ardentes beijos de Serguei e apertando-se, sem querer, ao seu corpo robusto.

Serguei levantou a senhora, como se fosse uma criança, e carregou-a para um canto escuro.

No quarto fez-se um silêncio rompido apenas por um regular tique-taque do relógio de bolso que pertencia ao esposo de Katerina Lvovna e estava pendurado sobre a cabeceira da sua cama; de resto, isso não atrapalhava nada.

— Agora vai — disse Katerina Lvovna, ao cabo de meia hora, sem olhar para Serguei e arrumando os cabelos despenteados em face de um pequenino espelho.

— Por que é que sairia daqui agora? — respondeu-lhe Serguei, e sua voz denotava felicidade.

— O sogro vai trancar as portas.

— Eh, minha alma, alma! Que homens tu conheceste que só vinham ao quarto de sua mulher pela porta? Para mim, a entrada e a saída são em qualquer lugar — replicou o valentão, apontando para as colunas que sustentavam a galeria.

Capítulo quarto

Zinóvi Boríssytch passou mais uma semana fora de casa, e sua mulher se divertiu, durante toda essa semana, com Serguei, ficando com ele noites inteiras, até o amanhecer.

Nessas noites, no quarto de Zinóvi Boríssytch, bebeu-se muito vinhozinho tirado da adega do sogro, comeu-se muito doce dulcíssimo, beijou-se muito a boca saborosa da jovem senhora, brincou-se muito com os cachos negros no travesseiro macio. Nem todo caminho, porém, é liso: há, vez por outra, buracos.

Estava Boris Timoféitch sem sono; andava o velho pela sua casa silenciosa, trajando um pijama de chita versicolor, aproximou-se de uma janela, passou para a outra e viu, de improviso, o valentão Serguei descer sorrateiramente, com sua camisa vermelha, aquela coluna que ficava sob a janela da nora. Eta, diacho, que novidade! Saiu Boris Timoféitch correndo de casa e pegou o tal valentão pelas pernas. Este já ia virar-se para acertar, com todas as forças, uma pancada bem na orelha do seu senhor, mas se conteve por entender que haveria barulho.

— Fala — disse Boris Timoféitch. — Onde estavas, ladrão maldito?

— Pois onde estava, Boris Timoféitch, não estou mais, meu senhor — respondeu Serguei.

— Dormiste com minha nora?

— Só eu sei, meu senhor, onde dormi. Mas escuta, Boris Timoféitch, as minhas palavras: o que se foi, papaizinho, não volta mais. Então, não cubras, ao menos, a tua casa senhoril de tanta vergonha. Diz o que queres de mim agora. Que satisfação é que me reclamas?

— Quero que leves, áspide, quinhentas chibatadas — retrucou Boris Timoféitch.

— A culpa é minha, a vontade é tua — concordou o rapaz. — Diz aonde vou contigo e alegra-te, bebe meu sangue.

Boris Timoféitch conduziu Serguei para a sua despensa de pedra e bateu nele com um chicote até suas próprias forças se esgotarem. Serguei não soltou nem um pio, mas rasgou com os dentes, enquanto isso, metade da manga de sua camisa.

Então Boris Timoféitch deixou Serguei na despensa, até que seu dorso dilacerado sarasse, deu-lhe uma moringa de água, trancou a porta com um grande cadeado e mandou chamar o seu filho.

Contudo, nem hoje se percorre depressa, na Rússia, cem verstas[9] pelas estradas de terra, e Katerina Lvovna já não conseguia viver sem Serguei nem uma horinha. Desdobrou ela, de súbito, toda a largura da sua natureza desperta e tornou-se tão resoluta que não se podia mais reprimi-la. Ficou sabendo onde estava Serguei, conversou com ele através da porta de ferro e foi procurar as chaves. "Deixa, paizinho, Serguei sair" — veio pedir ao sogro.

---

[9] Antiga unidade de medida de comprimento russa, equivalente a 1067 metros.

O velho empalideceu de raiva. Não esperava, em caso algum, tanta afoiteza descarada por parte da nora que acabava de cometer um pecado, mas antes fora sempre tão dócil.

— O que foi que fizeste, assim e assada? — desandou ele a censurar Katerina Lvovna.

— Deixa que Serguei saia — respondeu ela. — Juro-te com a mão na consciência que ainda não houve entre nós dois nada de mau.

— Não houve nada de mau, dizes? — O sogro passou a ranger os dentes. — E o que é que vocês faziam aí de noite? Arrumavam os travesseiros do teu marido?

Mas Katerina Lvovna não parou de insistir: deixa que ele saia, deixa que saia.

— Se for assim — disse Boris Timoféitch —, eis o que será: quando teu marido voltar, vamos chicotear-te, mulher honesta, ali na cocheira, com as nossas próprias mãos; quanto àquele safado, vou mandá-lo, amanhã mesmo, para a cadeia.

Foi essa a decisão de Boris Timoféitch, porém não chegou a ser cumprida.

Capítulo quinto

Comeu Boris Timoféitch, à noitinha, mingau com cogumelinhos e logo sentiu uma azia. De supetão, começou a doer-lhe o estômago, fez-se um vômito horrível, e pela manhã ele morreu — justamente do mesmo modo que morriam, em seus celeiros, os ratos para os quais Katerina Lvovna sempre preparava, com as próprias mãos, certa comida misturada com um perigoso pó branco a ela confiado.

Resgatou Katerina Lvovna o seu Serguei daquela despensa de pedra do velho e, sem se importar com a curiosidade alheia, colocou-o na cama de seu marido para que se recuperasse das chibatadas do sogro. E o próprio sogro, Boris Timoféitch, foi enterrado, dúvidas à parte, conforme a lei cristã. Como que por milagre, ninguém suspeitou de nada: morrera Boris Timoféitch assim, depois de comer os ditos cogumelinhos, igual a muita gente que morre depois de comê-los. Enterraram Boris Timoféitch às pressas, nem esperaram pelo seu filho, porque o tempo estava quente e o mensageiro não encontrara Zinóvi Boríssytch em seu moinho. Ele tinha achado, por mero acaso, um lote de madeira barato, ainda a cem verstas dali, e fora olhá-lo sem ter explicado devidamente a ninguém para onde ia.

Feito aquele negócio, Katerina Lvovna desenfreou-se completamente. Já era antes uma mulher das bravas, mas agora não daria nem para adivinhar o que estava tramando: andava como uma pavoa, mandava e desmandava em casa e mantinha Serguei ao seu lado. Os empregados ficaram surpresos com isso, mas Katerina Lvovna soube alcançar cada um deles com a sua mão generosa, e todo aquele espanto acabou num piscar de olhos. "Aconteceu" — percebiam todos — "uma alegoria entre a senhora e Serguei, eis o que foi. O pecado, digamos, é dela, e a resposta será dela também".

Nesse ínterim, Serguei se recuperou, endireitou as costas e pôs-se de novo, um valentão daqueles, a andar em torno de Katerina Lvovna que nem um pavão, e retornaram eles à sua vidinha gostosa. Contudo, o tempo não transcorria tão só para eles: voltava, apressado, para casa, após sua longa ausência, o esposo traído Zinóvi Boríssytch.

Capítulo sexto

Fazia um calor sufocante após o almoço, e uma destra mosca importunava insuportável. Katerina Lvovna fechou a janela do quarto com contraventos e, além disso, pendurou nela, do lado de dentro, um lenço de lã, deitando-se, a seguir, para repousar com Serguei na alta cama do comerciante. Dorme Katerina Lvovna e não dorme ao mesmo tempo, mas está tão sonolenta, e seu rosto se banha tanto em suor, e sua respiração se torna tão quente e penosa. Sente Katerina Lvovna que é hora de acordar, de ir tomar chá no jardim, porém não consegue, de jeito nenhum, levantar-se. Veio, por fim, a cozinheira e bateu à porta: "O samovar"[10] — disse — "esfria debaixo da macieira". Katerina Lvovna animou-se a custo e foi afagando o gato. E o gato, que se insinua entre ela e Serguei, é tão bonitinho: cinzento, bem crescido e gorduchíssimo até

---

[10] Espécie de chaleira aquecida por um tubo central com brasas e munida de uma torneira na parte inferior.

dizer chega... e seu bigode é como aquele do *burmistr*[11] de *obrok*. Mexe Katerina Lvovna em seu pelo farto, e ele quase vem para cima dela: aperta-lhe seu focinho obtuso contra o peito durinho e ronrona uma cantiga suave, como se contasse, dessa maneira, sobre o amor. "Por que foi que esse gatão veio aqui?" — pensa Katerina Lvovna. — "Coloquei a nata no peitoril da janela: vai, com certeza, comê-la todinha, safado. Pois vou enxotá-lo" — resolveu ela e já queria apanhar o gato e jogá-lo fora, mas o tal gato passou-lhe, feito uma neblina, por entre os dedos. "Como foi, diabos, que esse gato apareceu em nosso quarto?" — cismou Katerina Lvovna em seu pesadelo. — "Jamais houve gato nenhum por aqui, e agora há um enorme assim!" Queria de novo pegar o gato com a mão e não conseguiu. "Oh, o que é isso? Será mesmo um gato?" — pensou Katerina Lvovna. Ficou, de repente, tomada de aflição e não dormia mais nem sequer cochilava. Correu os olhos por todo o quarto, mas não havia lá nenhum gato, apenas Serguei estava deitado, tão lindo, pertinho dela e, com a sua mão vigorosa, apertava-lhe o peito ao seu rosto cálido.

Levantou-se, então, Katerina Lvovna, sentou-se na cama e ficou beijando Serguei, beijando e afagando; depois arrumou o colchão amassado e foi tomar chá

---

[11] Neste contexto, nome do servidor (corruptela russa do termo "burgomestre") encarregado de recolher o tributo, chamado "obrok", que os camponeses pagavam aos latifundiários.

no jardim. Enquanto isso, o sol se pusera de todo, e uma noite descia bela, maravilhosa, à terra bem esquentada.

— Dormi demais — contou Katerina Lvovna a Aksínia, acomodando-se num tapete, ao pé de uma macieira em flor, para tomar chá. — O que será, Aksíniuchka, que isso significa? — perguntou à cozinheira, ao passo que enxugava um pires com pano de pratos.

— O que, mãezinha?

— Não era em sonho que um gato me atazanava sem parar, mas como que de verdade.

— Ih, como foi isso?

— Juro que veio um gato.

Katerina Lvovna contou sobre o gato que a atazanava.

— E por que é que a senhora teve de acariciá-lo?

— Pois vai saber! Não sei, eu mesma, por que o acariciava.

— Que coisa estranha! — exclamou a cozinheira.

— Fico estranhando, eu mesma.

— É que alguém virá, sem falta, aboletar-se ao seu lado ou então uma coisa dessas acontecerá.

— Qual coisa, precisamente?

— *Precisamente*... mas não, minha cara, ninguém poderá explicar o que lhe acontecerá precisamente, mas alguma coisa tem de acontecer.

— Sonhava, o tempo todo, com a lua e depois com aquele gato — continuou Katerina Lvovna.

— A lua quer dizer um bebê.

Katerina Lvovna ficou vermelha.

— E se chamar Serguei para que converse com a senhora? — propôs Aksínia, tentando impor-se como amiga de sua dona.

— Pois bem — respondeu Katerina Lvovna. — Tens razão; vai chamá-lo, que servirei o chá para ele.

— Por isso é que falei em trazê-lo aqui — concluiu Aksínia e foi, saracoteando que nem uma pata, às portas do jardim.

Katerina Lvovna contou, a Serguei também, a história do gato.

— Apenas um sonho — respondeu Serguei.

— Mas por que é, Serioja, que eu não tive jamais esse sonho antes?

— E quanta coisa é que a gente não teve antes? Olhava eu para ti com um olho só e definhava todinho, e agora vem ver: possuo todo esse teu corpo branco!

Serguei abraçou Katerina Lvovna, girou-a no ar e, brincando, jogou-a sobre o tapete felpudo.

— Ufa, que tonteira — disse Katerina Lvovna. — Vem cá, Serioja, senta-te perto de mim — chamou, repimpando-se numa pose luxuriosa.

O valentão inclinou a cabeça, para acercar-se da baixa macieira coberta de flores brancas, e sentou-se no tapete, aos pés de Katerina Lvovna.

— E tu definhavas por minha causa, Serioja?

— É claro que definhava.

— Mas como foi? Fala-me disso.

— Como te falaria disso? Será que se pode explicar como a gente definha? Estava triste.

— Então, por que não sentia, Serioja, que andavas sofrendo por mim? Dizem que dá para sentir aquilo.

Serguei não disse nada.

— E para que tu cantavas, já que sofrias, hein? Pois eu te ouvia cantar na galeria — continuava a indagar, em meio às carícias, Katerina Lvovna.

— E daí, se cantava? Olha a muriçoca: está cantando a vida toda, mas não é de alegre — respondeu, secamente, Serguei.

Fez-se uma pausa. Katerina Lvovna estava exaltadíssima com essas confissões de Serguei. Queria conversar mais, entretanto Serguei se calava, franzindo a testa.

— Olha, Serioja, que paraíso, mas olha só! — exclamou Katerina Lvovna, mirando, através dos espessos ramos da macieira florida que a encobriam, o límpido céu azul onde brilhava a lua cheia.

Ao passar pelas folhas e flores da macieira, o luar espalhava manchinhas claras e bem caprichosas pelo semblante e por todo o corpo de Katerina Lvovna deitada de costas; o ar estava silencioso, tão só um ventinho ligeiro e quente movia de leve as sonolentas folhas, esparramando um delicado aroma das ervas e árvores florescentes. Respirava-se lá algo lânguido e propício à indolência, ao prazer, aos desejos obscuros.

Sem receber a resposta, Katerina Lvovna ficou de novo calada, a olhar para o céu através das flores rosadas da macieira. Serguei também estava calado; no entanto, não era o céu que o atraía. Cingindo, com ambos os braços, seus joelhos dobrados, ele fitava as suas botas.

Ó noite de ouro! Silêncio, luar, aroma e uma quentura benéfica, vivificante. Ao longe, além da ravina por trás do jardim, alguém entoou um canto sonoro; embaixo da cerca, num denso mato de cerejeiras, fez um estalo e começou a chilrar em plena voz um rouxinol; uma codorniz sonolenta pôs-se a divagar na gaiola erguida numa alta vara, um gordo cavalo soltou um langoroso suspiro atrás da parede de sua cocheira, e uma alegre matilha de cães percorreu, sem o menor barulho, a pastagem para lá da cerca, que circundava o jardim, e sumiu na disforme sombra negra dos velhos armazéns de sal, já meio desmoronados.

Katerina Lvovna se soergueu em seu cotovelo e olhou para a alta relva do jardim que cintilava ao luar esmiuçado pelas flores e folhas das árvores. A relva estava toda dourada com aquelas manchinhas claras e caprichosas que não cessavam de semeá-la, trêmulas como as vivas falenas em chamas, ou como se ela se recobrisse, ao pé das árvores, de uma rede enluarada e oscilasse de um lado para o outro.

— Ah, Seriójetchka, que gracinha! — exclamou, olhando ao seu redor, Katerina Lvovna.

Serguei lançou uma olhada indiferente.

— Por que estás tão triste, Serioja? Ou será que meu amor já te enfada?

— Para que papear em vão? — respondeu Serguei secamente, inclinou-se e beijou, pachorrento, Katerina Lvovna.

— És traidor, Serioja — Katerina Lvovna ficou enciumada. — Não tens caráter.

— Nem mesmo ponho essas palavras na minha conta — retorquiu Serguei num tom calmo.

— Por que é que me beijas, então, desse jeito?

Serguei permanecia calado.

— São apenas marido e mulher — prosseguiu Katerina Lvovna, brincando com os seus cachos — que tiram assim a poeira dos lábios. Beija-me forte, para que as florzinhas dessa macieira caiam todas, ali de cima, no chão. Assim, assim — sussurrava Katerina Lvovna, enroscando-se no amante e beijando-o com um arroubo apaixonado.

— Escuta, Serioja, o que te digo — começou Katerina Lvovna pouco depois. — Por que todos te chamam juntos de traidor?

— Quem é, pois, que solta essas lorotas?

— Falam alguns por aí.

— Talvez tenha traído, um dia, aquelas que não prestavam para nada.

— Mas por que te envolvias, bobão, com aquelas que não prestavam? Não vale a pena que faças amor com uma mulher imprestável.

— Para de falar! Será que aquele negócio também é feito por raciocínio? Só a tal de sedução é que age. Tu vais com ela, assim simplesmente, sem todas aquelas intenções, além do teu mandamento, e ela te pula já no pescoço. Eis que amor é aquele!

— Escuta-me, pois, Serioja! Quanto a todas as outras, não sei nada delas nem quero saber, mas, como tu mesmo me arrastaste para o nosso amor de hoje e sabes, tu mesmo, que eu o aceitei não apenas por minha vontade como também por tua astúcia, então... se tu me traíres, Serioja, se tu me trocares por outra mulher, seja ela quem for... desculpa-me, meu amigo de coração, mas não te deixarei vivo.

Serguei teve um sobressalto.

— Katerina Lvovna, minha luz clara! — disse ele. — Mas olha, tu mesma, como nós dois vivemos. Reparas agora em como estou pensativo hoje, porém não pensas em como não haveria de estar pensativo. Meu coração, quem sabe, está mergulhado todo no sangue endurecido!

— Conta, Serioja, conta a tua desgraça.

— O que contaria? Eis que agora, em primeiro lugar, vem teu marido, Deus abençoe, e tu, Serguei Filípytch, vai embora, fica naquele quintal dos fundos, onde a musiquinha toca, fica embaixo da granja e olha uma velinha acesa no quarto de Katerina Ilvovna e como ela está arrumando o seu colchãozinho de penas e como se deita lá com Zinóvi Boríssytch, o seu legítimo.

— Isso não vai acontecer! — exclamou Katerina Lvovna com alegria e agitou a mãozinha.

— Como não vai? Eu cá percebo que a senhora não pode viver sem isso. Pois eu também, Katerina Ilvovna, tenho o meu coração e bem vejo os meus sofrimentos.

— Mas chega, chega de falar nisso.

Tal expressão de ciúmes agradou Katerina Lvovna em cheio, e ela rompeu a rir e voltou a beijar Serguei.

— E repetindo — continuou Serguei, livrando aos poucos a sua cabeça dos braços de Katerina Lvovna, desnudos até os ombros —, repetindo, é preciso dizer, igualmente, que o meu estado mais desprezível também me obriga, quem sabe, a ver o negócio de todos os lados, nem uma vez nem dez vezes. Se fosse, digamos, igual à senhora, se fosse algum fidalgo ou comerciante, não a abandonaria, Katerina Ilvovna, até o fim desta minha vida. Mas assim, julgue a senhora mesma que homem eu sou ao seu lado! Vendo agora como a tomam por essas mãozinhas brancas e levam para o quarto de dormir, tenho de suportar tudo isso no meu coração e de tornar-me, talvez, desprezível para mim mesmo, por causa disso, até que a morte chegue. Katerina Ilvovna! Não sou como um outro qualquer, para quem tanto faz, tomara que a mulher lhe dê alegria. Eu sinto como ele é, o amor, e como ele me suga, serpente negra, o coração...

— Por que é que me falas disso o tempo todo? — interrompeu-o Katerina Lvovna. Passara a sentir dó de Serguei.

— Katerina Ilvovna! Mas como é que não falaria disso? Como não falaria? Pois tudo, quem sabe, já está explicado, com isso, por miúdo, e não haverá, talvez, nem cheiro e nem fedor de Serguei nesta casa, e não daqui a alguma distância bem longa, mas amanhã mesmo!

— Não, não, não me digas isso, Serioja! Nunca acontecerá que eu fique sem ti — acalmava-o, com as mesmas carícias, Katerina Lvovna. — Se começar aquele negócio todo, então... morreremos, ou ele ou eu, mas tu ficarás comigo.

— Isso não pode ocorrer, Katerina Ilvovna, de jeito nenhum — respondeu Serguei, abanando pesarosamente a cabeça. — Com esse amor, nem a minha vida me deixa feliz. Amaria aquilo que não valesse mais que eu mesmo e viveria contente. Manteria eu a senhora aqui, ao meu lado, em nosso amor contínuo? Estaria a senhora honrada em ser minha amante? Eu gostaria de ser seu marido, perante o templo santo e sempiterno: então poderia ao menos, ainda que sempre me achasse menor ante a senhora, dizer a todos, em público, como estou merecendo favores de minha esposa com meu respeito...

Katerina Lvovna estava assombrada com essas palavras de Serguei, com esses ciúmes, com esse desejo de ser seu marido, desejo que sempre agrada à mulher, por mais íntimas que sejam suas relações com o homem antes do casamento. Agora Katerina Lvovna estava pronta a ir, por Serguei, ao fogo e à água, à masmorra e à cruz. Serguei a deixara tão apaixonada que sua lealdade não tinha mais nenhuma medida. Ela enlouquecera de tanta felicidade: seu sangue fervia, e ela não podia ouvir mais nada. Selando depressa os lábios de Serguei com a palma da mão, apertou-lhe a cabeça ao seu peito e disse:

— Pois eu sei como te farei um comerciante e como viverei contigo da melhor maneira que houver. Apenas não me entristeças debalde, enquanto o nosso tempo estiver chegando.

E pôs-se novamente a beijá-lo, a afagá-lo.

O velho feitor, que dormia na granja, percebia, em seu profundo sono, ora um cochicho a soar no silêncio noturno, acompanhado de um riso baixinho, como se umas crianças travessas escolhessem algures o modo mais malvado de caçoar da mofina velhice, ora um gargalhar sonoro e alegre, como se as iaras do lago fizessem cócegas a alguém. Era Katerina Lvovna que, chapinhando no luar e rolando pelo tapete macio, brincava, toda assanhada, com o jovem servente de seu marido. As flores brancas caíam sem parar neles da macieira viçosa, e eis que cessaram de cair. Entrementes, a breve noite estival terminava; a lua se escondera atrás do íngreme telhado dos altos celeiros e olhava para a terra de esguelha, cada vez menos fúlgida. Ouviu-se, no telhado da cozinha, um estridente dueto de gatos, seguido de uma cuspida, um bufo zangado, e logo depois dois ou três gatos desceram, rodando com muito barulho, pelo feixe de tábuas encostado naquele telhado.

— Vamos dormir — disse Katerina Lvovna, levantando-se devagar, como se toda quebrada, do seu tapete, e foi, tão somente de camisola e saiote branco que trajava nesse momento, através do silencioso quintal do comerciante, silencioso a ponto de parecer morto. Indo atrás dela, Serguei levava o tapete e a blusa que ela arrancara em meio a suas folganças.

Capítulo sétimo

Assim que Katerina Lvovna assoprou a vela, refestelando-se, toda despida, em seu fofo colchão de penas, o sono lhe envolveu a cabeça. Adormeceu Katerina Lvovna, depois de brincar e deliciar-se à farta, tão profundamente que sua perna dormia e seu braço dormia; contudo, ouviu de súbito, através do sono, a porta se abrir outra vez e o gato das vésperas tombar, feito uma bola pesada, em sua cama.

— Mas que castigo, realmente, é esse gato, hein? — raciocina Katerina Lvovna, cansada. — Fui eu mesma que tranquei agorinha a porta, com minhas próprias mãos e de propósito; a janela está fechada também, mas ele veio de novo. Já, já vou jogá-lo fora daqui...

Quer Katerina Lvovna levantar-se, porém os seus braços e pernas não a ajudam, entorpecidos, e o gato passeia, de lá para cá, por todo o seu corpo e mia de uma maneira tão esquisita, como se novamente dissesse palavras humanas. Então Katerina Lvovna ficou toda arrepiada. "Não" — pensou ela —, "não vou fazer outra coisa senão trazer amanhã, sem falta, a água benta da Epifania[12] para a minha cama, já que um gato tão esquisito assim começou a vir cá".

E o gato faz "mrr-miau" ao ouvido dela, aproxima o focinho e, de repente, diz: "Que gato sou eu? Por que diabos seria um gato? Essa tua ideia, Katerina Lvovna, é muito inteligente, pois não sou gato nenhum, mas, sim, o notável comerciante Boris Timoféitch. Só um defeito é que tenho hoje: as minhas tripas, cá dentro,

---

[12] Trata-se da água abençoada no dia da Epifania (ou Batismo) de Nosso Senhor, que os cristãos ortodoxos celebram em 19 de janeiro.

racharam-se todas da comidinha de minha nora. Por isso..." — ronrona — "fiquei menorzinho e assim me mostro, em forma de gato, àqueles que não entendem direito quem sou na realidade. Pois bem, Katerina Lvovna, como estás agora? Cumpres à risca o teu dever conjugal? Não foi por acaso que vim lá do cemitério, mas para ver como esquentam, tu e Serguei Filípytch, essa caminha do teu marido. Só que... mrr-miau, não vejo coisa nenhuma. Não tenhas medo de mim, que os meus olhinhos também estouraram por causa da tua comida. Olha para os meus olhinhos, querida, não temas!".

Olhou Katerina Lvovna e deu um grito selvagem. Havia de novo um gato entre ela e Serguei, e tinha esse gato a cabeça de Boris Timoféitch, tão grande quanto aquela do finado, e no lugar dos olhos giravam-lhe duas rodinhas de fogo, giravam de um lado para o outro.

Serguei acordou, acalmou Katerina Lvovna e tornou a dormir, mas ela mesma ficou sem um pingo de sono, e isso não foi em vão.

Estava deitada, de olhos abertos, e eis que ouviu, de chofre, alguém escalar o portão e descer para o quintal. Os cães iam já atacá-lo, mas se quietaram e começaram, talvez, a pedir carinho. Passou-se mais um minuto, e a tranca de ferro estalou em baixo, e a porta abriu-se. "Ou estou sonhando com tudo isso ou meu Zinóvi Boríssytch voltou, que a porta foi destrancada com sua chave de reserva" — pensou Katerina Lvovna e empurrou, alarmada, Serguei.

— Escuta, Serioja — disse, toda ouvidos, e soergueu-se num cotovelo.

Alguém subia, de fato, a escada e, pisando com muita cautela, aproximava-se, em silêncio, da porta trancada do quarto.

Apenas de camisola, Katerina Lvovna saltou depressa da cama e abriu a janela. No mesmo instante, Serguei pulou, descalço como estava, para a galeria e abarcou com as pernas aquela coluna que lhe servira diversas vezes para descer do quarto de sua senhora.

— Não precisas, não, não! Deita-te aqui perto... não vás muito longe — cochichou Katerina Lvovna, jogando a Serguei suas botas e roupas pela janela; depois se escondeu debaixo da sua coberta e ficou esperando.

Serguei obedeceu a Katerina Lvovna: não se esgueirou pela coluna, mas se deteve sob a cornija da galeria.

Enquanto isso, ouve Katerina Lvovna o seu marido se achegar à porta e escutar, prendendo a respiração. Ouve mesmo o coração ciumento dele bater descompassado, porém não é a piedade e, sim, um riso maldoso que vem dominando Katerina Lvovna. "Procura o dia de ontem" — pensa ela consigo, sorrindo e respirando como um neném inocente.

Assim decorreram uns dez minutos. Por fim, Zinóvi Boríssytch ficou enfadado de escutar, em pé atrás da porta, a sua esposa dormir. Bateu à porta.

— Quem está aí? — perguntou Katerina Lvovna, após uma longa pausa e com uma voz sonolenta.

— Da casa — replicou Zinóvi Boríssytch.

— És tu, Zinóvi Boríssytch?

— Sou eu! Como se não ouvisses!

Katerina Lvovna se levantou rapidinho, de camisola, deixou o marido entrar no quarto e mergulhou novamente na cama quentinha.

— Parece que está fazendo frio pela madrugada — disse, embrulhando-se com a coberta.

Zinóvi Boríssytch entrou, olhando para os lados, rezou, acendeu uma vela e tornou a olhar em volta.

— Como tens passado? — perguntou à sua esposa.

— Bem — respondeu Katerina Lvovna e, soerguendo-se, começou a vestir sua larga blusa de chita.

— Quer que apronte o samovar? — indagou.

— Não precisa: chame Aksínia, que ela apronte.

Katerina Lvovna calçou, sem meias, suas botinhas e saiu correndo. Passou fora cerca de meia hora. Nesse ínterim preparou, ela mesma, o samovar, e deu um pulinho, às escondidas, na galeria onde estava Serguei.

— Fica aqui — cochichou.

— Até quando? — perguntou Serguei, também em voz baixa.

— Oh, como és bobinho! Fica até que eu te chame.

E Katerina Lvovna deixou-o no mesmo lugar.

Serguei pôde ouvir, da galeria, tudo o que se passava no quarto. Ouviu a porta estalar de novo e Katerina Lvovna entrar e falar com o seu marido; ouviu toda a conversa da primeira palavra à última.

— Por que demoraste tanto? — perguntou Zinóvi Boríssytch à esposa.

— Mexia com o samovar — respondeu ela, tranquila.

Fez-se uma pausa. Serguei ouviu Zinóvi Boríssytch pendurar a sua sobrecasaca num cabide. Eis que se lavou, fungando e espalhando água por toda parte; eis que pediu uma toalha; eis que recomeçou suas falas.

— Como foi, pois, que enterraram o papaizinho? — inquiriu o marido.

— Assim... — disse a mulher. — Ele morreu, e nós o enterramos.

— Mas que assombro foi esse, tão repentino?

— Deus sabe — respondeu Katerina Lvovna, fazendo tinirem as chávenas.

Entristecido, Zinóvi Boríssytch andava pelo quarto.

— E como você passava o tempo aí? — voltou a interrogar a sua mulher.

— Nossos prazeres, acho, todo mundo conhece: não vamos aos bailes, tampouco aos teatros.

— Parece que não está muito alegre com a chegada de seu marido — prosseguiu Zinóvi Boríssytch, ao olhar de soslaio.

— Não somos mais tão novinhos assim para nos encontrarmos doidos de alegria. Como me alegrar? Eis-me correndo aqui para o seu agrado.

Katerina Lvovna saiu outra vez correndo, a fim de pegar o samovar, e deu outro pulinho na galeria, cutucou Serguei e disse:

— Fica alerta, Serioja!

Serguei não sabia direito aonde o levaria aquilo tudo, mas ficou alerta.

Voltou Katerina Lvovna para o quarto, e Zinóvi Boríssytch, de joelhos em cima da cama, está pendurando na parede, sobre a cabeceira, o seu relógio de prata com um cordão de miçangas.

— Por que será, Katerina Lvovna, que desdobrou a cama para dois, se dormia sozinha? — perguntou, de supetão, à esposa, de modo bem alusivo.

— Porque esperava você chegar — respondeu Katerina Lvovna, fitando-o com tranquilidade.

— Muito obrigado, ao menos, por isso... e de onde foi que apareceu esse troço no seu colchãozinho?

Zinóvi Boríssytch apanhou do lençol o pequeno cinto de lã de Serguei e, segurando-o pela pontinha, colocou-o diante dos olhos de sua mulher.

Katerina Lvovna não se embaraçou nem um pouco.

— Achei isso no jardim — disse — e amarrei minha saia.

— Sim! — proferiu Zinóvi Boríssytch com um acento peculiar. — Ouvimos também falar um bocado sobre as suas saias.

— O que foi que você ouviu?

— Ouvi falarem de seus negócios bonzinhos.

— Não fiz nenhum negócio errado.

— Pois isso vamos saber, vamos saber tudinho — respondeu Zinóvi Boríssytch, empurrando a sua chávena despejada em direção à mulher.

Katerina Lvovna ficou calada.

— Vamos tirar a limpo todos esses negócios seus, Katerina Lvovna — prosseguiu Zinóvi Boríssytch após um longo silêncio, franzindo, ameaçador, o sobrolho.

— Não é tão medrosa assim sua Katerina Lvovna. Não tem tanto medo disso — retrucou ela.

— O quê? O quê? — indagou, elevando a voz, Zinóvi Boríssytch.

— Nada. Passamos — respondeu a mulher.

— Olha aí a quem estás respondendo! Ficaste linguaruda demais para meu gosto!

— Fiquei, sim; por que não ficaria? — rebateu Katerina Lvovna.

— Olha para ti mesmo, que é melhor.

— Não preciso olhar para mim. Foram as más línguas que lhe contaram montes de coisas, e eu cá tenho de suportar cada mágoa dessas! Que é isso, hein?

— Não foram as más línguas que me contaram, mas soube, na certa, de teus namoricos.

— Quais namoricos? — gritou Katerina Lvovna, enrubescendo sem falsidade alguma.

— Eu sei quais são.

— Então, se souber, diga-me claramente!

Calado, Zinóvi Boríssytch voltou a empurrar a chávena vazia em direção à mulher.

— Não tem, pelo visto, o que dizer — atalhou, com desdém, Katerina Lvovna, jogando, desafiadora, uma colherzinha de chá no pires do marido. — Diga, pois, diga quem foi que lhe entregaram! Quem é, no seu entender, meu amante?

— Já vais saber, não te apresses tanto.

— Foi sobre Serguei, por acaso, que lhe contaram lá umas mentiras, não foi?

— Vamos saber, Katerina Lvovna, mas vamos. Ninguém retirou o nosso poder de você e ninguém pode retirá-lo! Você mesma dirá...

— Arre! Não aguento mais isso — exclamou Katerina Lvovna, rangendo os dentes, e, branca como um pano, saiu de repente portas afora.

— Ei-lo aqui! — disse, alguns instantes depois, puxando Serguei pela manga e conduzindo-o para dentro do quarto. — Pergunte a ele e a mim sobre aquilo que você sabe. Talvez saiba ainda mais que aquilo, se desejar.

Zinóvi Boríssytch ficou até mesmo confuso. Olhava ora para Serguei, plantado junto do umbral da porta, ora para a sua mulher, tranquilamente sentada, de braços cruzados, na beira da cama, e nem vislumbrava o desfecho que estava chegando.

— O que estás fazendo, víbora? — ia articular a custo, sem se levantar da poltrona.

— Pergunta sobre aquilo que sabes tão bem — respondeu Katerina Lvovna com ousadia. — Resolveste apavorar-me com chibatadas? — continuou, piscando de modo significativo. — Pois isso não vai acontecer nunca. E o que pensava em fazer contigo, talvez mesmo antes dessas promessas tuas, vou fazer isso logo.

— O quê? Fora daqui! — gritou Zinóvi Boríssytch a Serguei.

— Espera! — reptou-o Katerina Lvovna.

Trancou, com destreza, a porta, pôs a chave no bolso e veio deitar-se outra vez na cama, com essa sua blusa folgada.

— Vem, meu Seriójetchka, vem cá, vem, querido — chamou pelo feitor.

Agitando os seus cachos, Serguei se sentou, afoito, ao lado de sua senhora.

— Meu Deus do céu! O que é isso, enfim? O que estão fazendo, bárbaros?! — bradou Zinóvi Boríssytch, todo vermelho de raiva, levantando-se da poltrona.

— O que é? Não estás gostando? Pois olha aí, olha, meu falcãozinho, como é belo!

Rindo, Katerina Lvovna beijou apaixonadamente Serguei na frente do seu esposo.

No mesmo instante, uma bofetada ensurdecedora queimou-lhe a face, e Zinóvi Boríssytch se arrojou à janela aberta.

Capítulo oitavo

— Ah... ah, é assim!... Obrigadinha, meu camarada, que eu só esperava por isso! — gritou Katerina Lvovna. — Parece que desta vez não será do teu jeito... mas do meu...

Com um movimento apenas, ela afastou bruscamente Serguei, partiu para cima do seu marido e, antes que Zinóvi Boríssytch conseguisse alcançar a janela, agarrou-lhe, por trás, o pescoço com os seus dedos finos e jogou-o no chão, como se fosse um feixe de cânhamo cru.

Levando um pesado tombo e batendo, com toda a força, a nuca contra o assoalho, Zinóvi Boríssytch perdeu completamente a razão. Nem por sombras antevira um desfecho tão rápido. A primeira violência cometida por sua esposa mostrou-lhe que esta faria tudo para se livrar dele, e que sua situação presente era perigosa ao extremo. Zinóvi Boríssytch compreendeu tudo isso num átimo, no exato momento de sua queda, mas não rompeu a gritar, ciente de que seu apelo não chegaria aos ouvidos de ninguém e tão somente apressaria o fim. Moveu, calado, os olhos e, com uma expressão mista de fúria, reproche e sofrimento, fixou-os em sua mulher, cujos finos dedos lhe apertavam fortemente o pescoço.

Zinóvi Boríssytch não se defendia; seus braços, de punhos cerrados, estendiam-se e tremelicavam convulsamente. Um deles permanecia livre, ao passo que Katerina Lvovna pregava o outro no chão com o seu joelho.

— Segura-o — cochichou ela, indiferente, a Serguei, virando-se para o marido.

Serguei se sentou em cima do seu senhor, calcando-lhe ambos os braços com seus joelhos, e já queria agadanhar o seu pescoço, sob as mãos de Katerina Lvovna, mas no mesmo instante deu, ele próprio, um grito desesperado. Diante do seu ofensor, a sede de sangrenta vingança sublevou as últimas forças de Zinóvi Boríssytch: com um arranco terrível, ele libertou seus braços dos joelhos de Serguei que os premiam e, agarrando os cachos negros do feitor, mordeu-lhe, como um animal, o pescoço. Todavia, isso não durou muito tempo: Zinóvi Boríssytch soltou logo um doloroso gemido e deixou cair a sua cabeça.

Pálida, quase sem respirar, Katerina Lvovna inclinou-se sobre o marido e o amante, tendo na mão direita um castiçal de ferro fundido que segurava pela ponta superior, de parte massuda para baixo. O sangue escorria, qual um filete rubro, pela têmpora e pela face de Zinóvi Boríssytch.

— Um padre... — gemeu surdamente Zinóvi Boríssytch, mantendo, por asco, sua cabeça tão longe quanto podia de Serguei sentado em cima dele. — Quero confessar... — disse com uma voz menos distinta ainda, tremendo e mirando, de viés, o sangue que se espessava, quente, sob os seus cabelos.

— Passarás bem sem isso — cochichou Katerina Lvovna.

— Chega de mexer com ele — disse a Serguei —, aperta bem o pescoço.

Zinóvi Boríssytch ficou arquejando.

Katerina Lvovna se curvou sobre ele, comprimiu com as suas mãos as de Serguei, que seguravam o pescoço do marido, e encostou o ouvido ao peito deste. Ao cabo de cinco minutos silenciosos, levantou-se e disse:

— Basta, ele não precisa mais.

Serguei também se levantou e retomou fôlego. Zinóvi Boríssytch jazia morto, de pescoço prensado e têmpora fendida. Debaixo da sua cabeça, do lado esquerdo, havia uma pequena mancha de sangue que já não fluía, contudo, da ferida coagulada e tampada pelos cabelos.

Serguei levou o corpo de Zinóvi Boríssytch para a adega, que se encontrava no porão daquela mesma despensa de pedra onde o finado Boris Timoféitch trancara, havia tão pouco tempo, o próprio Serguei, e retornou ao mezanino. Enquanto isso, Katerina Lvovna arregaçou as mangas de sua blusa, dobrou bem a saia e começou a lavar cuidadosamente, com uma esponja ensaboada, a mancha de sangue que Zinóvi Boríssytch deixara no assoalho do quarto. A água não se esfriara ainda no samovar, do qual Zinóvi Boríssytch tomara o chá envenenado para acalmar a sua alma senhoril, e a mancha sumiu sem vestígio algum.

Katerina Lvovna pegou uma tigelinha de cobre e a esponja ensaboada.

— Traz a vela — disse a Serguei, dirigindo-se à porta. — Abaixa mais, mais ainda — dizia, examinando com atenção todas as tábuas pelas quais Serguei tivera de carregar o cadáver de Zinóvi Boríssytch até a cave.

Apenas em dois lugares havia, no assoalho pintado, duas manchinhas ínfimas do tamanho de uma ginja. Katerina Lvovna esfregou-as com sua esponja, e elas desapareceram.

— Ganhaste o que querias: não andes, feito um ladrão, atrás da mulher, não espies — arrematou Katerina Lvovna, endireitando-se e olhando para o lado da despensa.

— Agora acabou — disse Serguei e estremeceu com o som de sua própria voz.

Quando eles voltaram para o quarto, a fina listra vermelha do arrebol já brotava no leste e, dourando de leve as macieiras cobertas de flores, lançava seus raios, através das varas verdes da cerca do jardim, à alcova de Katerina Lvovna.

O velho feitor saíra da granja, com uma peliça curta nos ombros, e capengava pelo quintal, benzendo-se e bocejando, rumo à cozinha.

Katerina Lvovna puxou cautelosamente o contravento, que balançava preso por uma corda, e cravou os olhos em Serguei, como se desejasse lobrigar a sua alma.

— Eis-te agora um comerciante — disse ela, pondo as suas mãos brancas nos ombros do homem.

Serguei não lhe respondeu nada. Seus lábios estavam trêmulos, e uma febre sacudia todo o seu corpo. Quanto a Katerina Lvovna, apenas os lábios dela estavam frios.

Dois dias depois, surgiram nas mãos de Serguei grandes calos causados pela alavanca e pela pesada pá; em compensação, Zinóvi Boríssytch ficara tão bem arrumado, ali na adega, que, sem o auxílio da sua viúva ou do amante dela, ninguém o encontraria até a ressurreição de todos os mortos.[13]

Capítulo nono

Serguei andava de pescoço envolto num lenço escarlate e queixava-se de ter a garganta meio fechada. Nesse ínterim, antes de cicatrizarem as dentadas que

---

[13] O autor tem em vista o fim do mundo que, segundo a tradição bíblica, viria acompanhado da ressurreição dos mortos para o juízo final.

Zinóvi Boríssytch deixara em seu pescoço, deram pela ausência do marido de Katerina Lvovna. O próprio Serguei começou a falar nele ainda mais que todos os outros. Sentava-se, à noitinha, num banco próximo à portinhola do jardim e puxava conversa com os valentões: "Mas, na verdade, que coisa é essa, rapazes: por que nosso amo não volta até agora?" Os valentões também se espantavam.

Aí veio do moinho a notícia de que o amo teria alugado, havia tempos, uma carroça e partido para casa. O cocheiro, que o trouxera, contou que Zinóvi Boríssytch estava entristecido e acabara por despedir-se dele de modo algo estranho: a umas três verstas da cidade, perto do monastério, largara a carroça, pegara a sua bagagem e fora caminhando. Ao ouvir esse relato, todos ficaram mais espantados ainda.

Sumira Zinóvi Boríssytch, e ponto final.

Puseram-se então a procurá-lo, mas nada acharam: o comerciante desaparecera sem rastro algum. Com base no depoimento do cocheiro preso, soube-se apenas que junto do rio, ao lado do monastério, o comerciante descera da carroça e fora embora. O sumiço não foi esclarecido; enquanto isso, Katerina Lvovna vivia com Serguei, conforme a sua condição de viúva, em plena liberdade. Dizia-se a esmo que Zinóvi Boríssytch estaria aqui ou acolá, mas Zinóvi Boríssytch não regressava, e Katerina Lvovna sabia, melhor que todo mundo, que não poderia jamais regressar.

Assim transcorreram um mês, dois meses, três meses, e Katerina Lvovna se sentiu grávida.

— O cabedal será nosso, Seriójetchka: tenho um herdeiro — disse ela e foi reclamar na Duma[14] que, além de estar grávida, reparava na estagnação dos negócios de seu marido e queria, portanto, obter acesso a todos os bens da família.

Não se pode deixar perecer um comércio! Katerina Lvovna era a esposa legítima do comerciante, não tinha dívidas e, por consequência, podia obter tal acesso. Obteve-o, afinal.

Vive, pois, Katerina Lvovna como uma rainha, e ao seu lado Serioga[15] já é chamado de Serguei Filípytch, mas de repente — baque! — vem não se sabe de onde uma nova desgraça. Escrevem de Lívny[16] ao prefeito que Boris Timoféitch não punha todo o seu cabedal em circulação e que mais empregava, em vez do dinheiro próprio, o de seu sobrinho de pouca idade, Fiódor Zakhárov Liámin, sendo mister, dessa feita, investigar a situação e não entregar o negócio todo a Katerina Lvovna. Veio essa notícia, falou o prefeito acerca dela com Katerina Lvovna, e, uma semana depois — catrapuz! —, chegou de Lívny uma velhinha com um garotinho.

— Eu — disse — sou prima do falecido Boris Timoféitch, e esse é meu sobrinho Fiódor Liámin.

---

[14] Órgão legislativo na Rússia antiga (uma espécie de Câmara dos Deputados) cujo nome é atribuído, hoje em dia, ao Parlamento russo.
[15] Forma diminutiva e pejorativa do nome Serguei.
[16] Cidade na região de Oriol.

Katerina Lvovna acolheu-os.

Serguei, observando do quintal essa chegada e a recepção feita por Katerina Lvovna, ficou branco que nem um pano.

— O que tens? — perguntou-lhe a senhora, ao perceber essa lividez quando ele viera com as visitas e parou na antessala a examiná-las.

— Nada — respondeu o feitor, dirigindo-se da antessala ao vestíbulo. — Penso eu como aquela cidade é uma maldade — concluiu com um suspiro, fechando atrás de si a porta de entrada.

— Pois bem, o que vamos fazer agora? — perguntava Serguei Filípytch a Katerina Lvovna, sentado com ela, de noite, ao lado do samovar. — Agora, Katerina Ilvovna, todo o negócio nosso irá por água abaixo.

— Por que iria por água abaixo, Serioja?

— Porque tudo isso será dividido agora. E vamos ficar, desse jeito, com as migalhas.

— Será que tu achas pouco, Serioja?

— Mas não se trata de mim! Eu duvido apenas que a gente tenha depois a mesma felicidade.

— Como assim? Por que não teremos felicidade, Serioja?

— É que, devido ao meu amor por você, Katerina Ilvovna, eu gostaria que fosse uma verdadeira dama em vez de levar essa sua vida antiga — respondeu Serguei Filípytch. — E agora tudo se vira às avessas, já que, com a diminuição do cabedal, nós teremos de ficar, por força, mais baixo ainda do que estávamos antes.

— Mas eu cá, Seriójetchka, nem preciso disso.

— É verdade, Katerina Ilvovna, que isso talvez não seja de seu interesse, mas para mim, que tanto a respeito, e, mais ainda, diante daqueles olhares do poviléu, sórdidos e invejosos, será uma dor horrível. Aja você como quiser, bem entendido, mas o meu raciocínio é que jamais poderei ser feliz nessas circunstâncias aí.

E foi Serguei, e foi tocando a mesma nota para Katerina Lvovna, dizendo que se tornara, por causa de Fêdia[17] Liámin, o homem mais infeliz do mundo, privado das possibilidades de engrandecer e de destacar Katerina Lvovna perante toda a estirpe comerciária. E terminava sempre por afirmar que, se não houvesse aquele Fêdia, Katerina Lvovna daria à luz antes de decorrerem nove meses após o sumiço de seu marido, receberia o cabedal todo e não veria, então, nem limites e nem medidas de sua felicidade.

Capítulo décimo

E depois Serguei parou, inesperadamente, de falar sobre o herdeiro. Tão logo cessaram as suas falas, ficou Fêdia Liámin cravado na mente e no coração de Katerina Lvovna. Ela se tornou pensativa e até mesmo ríspida com o próprio Serguei. Quer dormisse, quer

---

[17] Forma diminutiva e carinhosa do nome Fiódor.

saísse de casa com alguma finalidade ou então rezasse a Deus, só tinha um assunto a ruminar. "O que é isso? Por que, realmente, é que iria perder o cabedal por causa dele? Tanto sofri, tanto pecado assumi na alma" — pensava Katerina Lvovna — ", e ele veio e, sem o menor esforço, arranca-me tudo! Se fosse um homem, daria ainda para engolir, mas é um menino, uma criança...".

Fazia um frio precoce, lá fora. Nenhuma notícia sobre Zinóvi Boríssytch chegara, bem entendido, de parte alguma. Katerina Lvovna andava cada vez mais cheinha e pensativa; batiam tambores, a seu respeito, pela cidade, todos queriam saber como assim e por que motivo a jovem Ismáilova sempre estivera infértil, emagrecendo e definhando sem trégua, e de repente fora ganhando tamanha barriga. E o pequeno herdeiro Fêdia Liámin passeava, de leve casaco de peles de esquilo, pelo quintal e quebrava, brincando, o gelo das poças.

— Eta, Fiódor Ignátytch! Eta, filho do comerciante! — gritava, de vez em quando, a cozinheira Aksínia, atravessando a correr o quintal. — Será que convém a um filho do comerciante mexer com aqueles buracos?

E o herdeiro, estorvo para Katerina Lvovna e seu amante, cabriolava feito um cabrito descuidado ou cochilava, mais descuidado ainda, juntinho da avó que o mimava, sem saber nem imaginar ter criado obstáculos ou subtraído felicidade a quem quer que fosse.

Por fim, apanhou Fêdia a varicela e começou a sentir, ademais, uma dor própria do resfriado no peito.

Caiu de cama. Trataram-no, a princípio, com ervas medicinais; em seguida, chamaram um doutor.

Veio, pois, o doutor, prescreveu uns remédios, e pôs-se a avó a dá-los ao garotinho, hora após hora, pedindo às vezes a Katerina Lvovna também:

— Faz o favor, Katerínuchka — dizia —, que andas, tu mesma, grávida e aguardas o julgamento divino. Faz o favor, mãezinha.

Katerina Lvovna não recusava esses pedidos da velha. Indo esta rezar, durante a missa noturna, pelo "menino Fiódor prostrado no leito de sua enfermidade" ou solicitar que o mencionassem no ofício matinal, Katerina Lvovna estava ao lado do garotinho, dando-lhe água e remédios na hora certa.

Assim, foi a velhinha à igreja para presenciar as vésperas e a missa da Apresentação de Nossa Senhora,[18] pedindo que Katerínuchka velasse por Fêdiuchka. Nessa altura, o menino já estava convalescente.

Entrou Katerina Lvovna no quarto de Fêdia, e ele, sentado, com seu casaquinho de peles de esquilo, na cama, lia o *Patericon*.

— O que é que estás lendo, Fêdia? — perguntou-lhe Katerina Lvovna, aboletando-se numa poltrona.

— Leio, titia, as vidas dos santos.

— São interessantes?

— Muito interessantes, titia.

---

[18] Importante festa religiosa que os cristãos ortodoxos celebram no dia 4 de dezembro, apelidando-a de "portão do inverno".

Katerina Lvovna se apoiou numa mão e olhou para Fêdia que movia, lendo, os lábios. De súbito, suas antigas ideias vieram, como os demônios desencadeados, de uma vez só e fizeram-na refletir em quantos males lhe causava esse menino e como seria bom se ele desaparecesse.

"Afinal" — pensou Katerina Lvovna — ", ele está doente, toma remédios... e a doença é uma coisa incerta! Dirão apenas que o doutor arrumou um remédio errado".

— É hora de tomares remédios, Fêdia?

— Por favor, titia — respondeu o menino e, ao tomar uma colherada, acrescentou: — É muito interessante, titia, como se descreve a vida dos santos.

— Lê, pois — deixou escapar Katerina Lvovna e, correndo um olhar frio pelo quarto, fixou-o nas janelas cobertas de geada.

— Tenho que mandar fechar os contraventos — disse ela, indo à sala de visitas, dali à sala de estar e, finalmente, ao seu quarto onde ficou sentada.

Uns cinco minutos depois, Serguei subiu ao mesmo quarto, calado, vestindo uma rica peliça com orladuras de pele felina.

— Fecharam os contraventos? — perguntou-lhe Katerina Lvovna.

— Fecharam — respondeu Serguei de modo entrecortado. Em seguida tirou, com uma pinça, a fuligem da vela e postou-se junto ao forno.

Fez-se um silêncio.

— Hoje a missa não acabará logo? — inquiriu Katerina Lvovna.

— Amanhã será uma grande festa: vão celebrar muito tempo — respondeu Serguei.

Surgiu outra pausa.

— Vamos ver Fêdia: ele está lá sozinho — disse, levantando-se, Katerina Lvovna.

— Sozinho? — perguntou Serguei, mirando-a de soslaio.

— Sozinho — cochichou ela. — E daí?

E uma espécie de rede foi ligando, com rapidez fulminante, os olhos dela aos dele, sem que dissessem uma palavra a mais um ao outro.

Katerina Lvovna desceu do mezanino, passou através dos cômodos vazios. Estava tudo silencioso; as lamparinas brilhavam serenamente; a sua própria sombra se multiplicava pelas paredes; as janelas fechadas com contraventos degelavam, como se estivessem chorando. Fêdia permanecia sentado e lia. Ao ver Katerina Lvovna, disse apenas:

— Ponha, titia, por favor, este livrinho em seu lugar e dê-me aquele que está debaixo dos ícones.

Katerina Lvovna cumpriu o pedido de seu sobrinho e estendeu-lhe o livro.

— Será que não queres dormir, Fêdia?

— Não, titia, vou esperar minha avó chegar.

— Por que vais esperar?

— Ela me prometeu que traria da missa um pãozinho abençoado.

Katerina Lvovna empalideceu de repente: seu próprio bebê se moveu, pela primeira vez, embaixo do coração, e ela sentiu um frio penetrante no peito. Ficou plantada no meio do quarto, depois saiu, esfregando as mãos geladas.

— Vem! — cochichou, ao subir, silenciosa, de volta ao seu quarto e encontrar Serguei no mesmo lugar, junto ao forno.

— O quê? — perguntou Serguei, com uma voz quase inaudível, e engasgou-se.

— Ele está só.

Serguei carregou o cenho, passando a respirar ofegante.

— Vamos — disse Katerina Lvovna e virou-se, bem resoluta, para a porta.

Serguei retirou depressa as botas e perguntou:

— O que eu levo?

— Nada — respondeu, num sopro, Katerina Lvovna e conduziu-o, puxando pela manga, em pleno silêncio.

Capítulo décimo primeiro

O menino doente estremeceu e deixou o livrinho cair em seu colo, quando Katerina Lvovna entrou no quarto pela terceira vez.

— O que tens, Fêdia?

— Oh, titia, fiquei de repente com medo — respondeu ele, com um sorriso inquieto, e encolheu-se todo num canto da cama.

— Com medo de quê?

— Quem foi que veio com você, titia?

— Onde foi? Ninguém veio comigo, meu queridinho.

— Ninguém?

Esticando todo o seu corpo, o menino volveu os olhos entrefechados em direção às portas, pelas quais tinha entrado a tia, e acalmou-se.

— Enganei-me, talvez — disse ele.

Katerina Lvovna apoiou-se na cabeceira da cama de seu sobrinho. Olhando para a tia, Fêdia notou que, por alguma razão, ela estava bem pálida. Em resposta à sua observação, Katerina Lvovna tossiu adrede e fitou a porta da sala de estar, como se esperasse por algo. Só uma tábua do assoalho rangeu baixinho por lá.

— Estou lendo, titia, a vida de meu anjo custódio, Santo Feódor Stratilat.[19] Como ele agradou a Deus!

Katerina Lvovna se mantinha calada.

— Se quiser, titia, sente-se aí, que vou ler outra vez para você — o menino lhe pedia carinho.

— Espera, já volto; apenas vou arrumar uma lamparina na sala — replicou Katerina Lvovna e saiu, apressada.

Um cochicho baixíssimo surgiu na sala de estar, alcançando, em meio ao silêncio total, o ouvido sensível do garotinho.

---

[19] Feódor Stratilat (?–319 d.C.): mártir cristão, venerado pelos ortodoxos como um grande santo.

— O que é isso, titia? Com quem é que está cochichando aí? — chamou ele com uma voz de choro. — Venha cá, titia, que estou com medo — gritou, mais choroso ainda, um instante depois e ouviu Katerina Lvovna dizer, na sala, a palavra "vem" que a princípio relacionou consigo.

— De que tens medo? — perguntou, com uma voz um tanto enrouquecida, Katerina Lvovna. Entrara a passos audazes e resolutos, postando-se perto da cama de modo que o doente não conseguisse ver, por trás de seu corpo, a porta da sala. — Deita-te — disse-lhe a seguir.

— Não quero, titia.

— Não, Fêdia, escuta-me: é hora de dormir, deita-te, vem — repetiu Katerina Lvovna.

— O que há, titia? Não quero dormir nem um pouco!

— Não, deita-te logo, deita-te — disse Katerina Lvovna, cuja voz, alterada de novo, soava indecisa, e, pegando o menino sob os braços, deitou-o no travesseiro.

Nesse momento Fêdia soltou um grito desesperado ao ver Serguei que entrava no quarto, pálido e descalço.

Katerina Lvovna tapou com a palma da mão a boca da criança apavorada e ordenou:

— Vem rápido; segura-o direito para que não se debata!

Serguei tomou Fêdia pelas pernas e pelos braços, e Katerina Lvovna cobriu, num relance, o rostinho do pequeno mártir com uma grande almofada de penas e apertou-o com o seu peito firme e duro.

Ao longo de uns quatro minutos, houve no quarto um silêncio sepulcral.

— Está morto — cochichou Katerina Lvovna, e, logo que se levantou para colocar tudo em ordem, as paredes da casa silenciosa que ocultava tantas barbáries puseram-se a tremer sob os golpes ensurdecedores: as vidraças tiniam, os assoalhos se balançavam, as correntes das lamparinas suspensas estremeciam e espalhavam sombras fantásticas pelas paredes.

Serguei, todo trêmulo, arrojou-se para fora do quarto, Katerina Lvovna correu atrás dele. Contudo, o barulho e a algazarra perseguiam-nos: parecia que as forças sobrenaturais sacudiam, até os alicerces, a casa dos pecadores.

Katerina Lvovna receava que, acossado pelo terror, Serguei acabasse fugindo da casa e delatando a si próprio de tão assustado; porém ele foi direto ao mezanino. Subindo a escada, Serguei bateu, na escuridão, a testa contra a porta entreaberta e, com um gemido, caiu de volta, completamente louco de medo supersticioso.

— Zinóvi Boríssytch, Zinóvi Boríssytch! — balbuciava ele, rolando, de cabeça para baixo, pela escada e puxando Katerina Lvovna que acabara de derrubar.

— Onde? — perguntou ela.

— Eis que voou, lá em cima, com uma folha de ferro. De novo, de novo, ai-ai! — vociferava Serguei. — Vem batendo de novo!

Agora estava bem claro que muitas mãos batiam, do lado de fora, a todas as janelas, e que alguém procurava arrombar a porta.

— Bobo! Levanta-te, bobo! — gritou Katerina Lvovna e, ditas essas palavras, retornou depressa ao quarto de Fêdia, repôs a sua cabeça morta sobre os travesseiros, na pose mais natural de quem estaria dormindo, e destrancou, com toda a firmeza, as portas que uma turba tentava forçar.

O espetáculo era terrificante. Katerina Lvovna olhou por cima da multidão, que sitiava a entrada da casa, e viu as pessoas desconhecidas subirem, aos magotes, a alta cerca e ouviu o lastimoso ruído de vozes que vinha da rua.

Mal pôde Katerina Lvovna compreender algo, e o povo reunido ao redor da sua casa já a espremeu toda e jogou-a para dentro dos cômodos.

Capítulo décimo segundo

E todo o alarde se deu de maneira seguinte.

Às vésperas das maiores festas religiosas, em todas as igrejas daquela cidade — provinciana, mas bastante grande e industrial — onde morava Katerina Lvovna havia, de praxe, muita e muita gente. Quanto à igreja em que no próximo dia homenageariam os santos padroeiros, os crentes se comprimiam, até mesmo no adro dela, como sardinhas em lata. Cantava ali, de costume, um coral de valentões, filhos dos comerciantes, regido por um entusiasta da arte vocal.

Nosso povo é devoto, afeito à igreja de Deus e, justamente por esse motivo, em certa medida artístico: a beleza dos templos e o harmonioso canto "de órgão" constituem um dos seus deleites mais nobres e puros. Reúne-se, onde canta um coral, quase metade de nossas cidades, em especial os jovens assalariados: feitores, operários das fábricas e usinas, até os empresários com suas esposas — todos se juntam na mesma igreja. Cada um quer ficar, pelo menos, no adro, sob a janela, a fim de ouvir, nem que faça, nesse meio-tempo, calor sufocante ou frio de rachar, as sonoras oitavas cantadas como se um órgão tocasse e os mais caprichosos melismas cunhados por um poderoso tenor.

Na igreja daquela paróquia a que pertencia a casa dos Ismáilov iam celebrar a Apresentação de Nossa Senhora, portanto de noite, às vésperas dessa festa, exatamente quando acontecia a tragédia descrita, os jovens de toda a cidade estavam na dita igreja. Dispersando-se após a missa, essa ruidosa multidão conversava sobre as qualidades do conhecido tenor e as casuais falhas do também conhecido baixo.

No entanto, nem todos se interessavam pelas questões vocais: havia, no meio da multidão, quem se interessasse por outros temas.

— É que contam, rapaziada, coisinhas bem esquisitas sobre a jovem Ismáilova — disse, ao acercar-se da casa dos Ismáilov, um maquinista novinho que um comerciante trouxera de Petersburgo para trabalhar em seu moinho a vapor. — Contam que ela e seu feitor Seriojka fazem amores a cada minuto...

— Todo mundo já sabe disso — redarguiu um homem de casaco forrado de *nanka*[20] azul. — Hoje ela nem veio, por certo, à igreja.

— Que igreja! Aquela mulherzinha ruim está tão rodada que não teme nem Deus, nem sua consciência e nem os olhos da gente.

— Vejam só, há luz na casa deles — notou o maquinista, apontando uma listra clara entre os contraventos.

— Olha aí pela fresta o que estão fazendo! — chiaram algumas vozes.

O maquinista apoiou-se nos ombros de dois amigos e, mal aproximou o olho do batente fechado, gritou de todas as forças:

— Maninhos queridos, esganam alguém lá dentro, esganam!

E o maquinista se pôs a bater, frenético, ao contravento. Uns dez passantes seguiram o seu exemplo e, acorrendo às janelas, também deram largas aos seus punhos.

A multidão foi crescendo a cada instante; assim ocorreu o cerco já referido da casa dos Ismáilov.

— Eu mesmo vi, com os meus próprios olhos — testemunhou o maquinista ao lado de Fêdia morto. — O menino jazia no leito, e eles dois o estrangulavam.

Na mesma noite Serguei foi levado para a delegacia, e Katerina Lvovna conduzida ao mezanino, sob a escolta de duas sentinelas, e trancada ali.

---

[20] Tecido grosseiro de algodão.

Fazia um frio insuportável na casa dos Ismáilov: os fornos estavam apagados, a porta não se encostava nem por um palmo, uma caterva de curiosos substituía a outra. Todos vinham olhar para Fêdia, cujo corpo já estava no caixão, e mais um grande ataúde de tampa bem fechada e envolta num largo pano. Havia, na testa de Fêdia, uma coroazinha de cetim branco que encobria uma cicatriz vermelha decorrente da trepanação do crânio. A autópsia legista revelou que Fêdia tinha morrido por estrangulamento, e, logo que Serguei, trazido para junto do cadáver, ouviu as primeiras palavras do sacerdote sobre o juízo final e o castigo reservado a quem não se arrependesse, desandou a chorar e não apenas confessou, do fundo de seu coração, o assassinato de Fêdia como também pediu para retirarem o corpo de Zinóvi Boríssytch enterrado sem honrarias póstumas. O cadáver do marido de Katerina Lvovna, que jazia na areia seca, ainda não se decompusera por inteiro; uma vez encontrado, foi posto no ataúde grande. Suscitando um pavor generalizado, Serguei apontou a jovem senhora como sua cúmplice em ambos os crimes. Katerina Lvovna respondeu a todas as indagações que lhe dirigiram somente "não sei nada disso, não faço ideia". Serguei se viu obrigado a acusá-la numa acareação. Escutando os depoimentos dele, Katerina Lvovna fitou-o com uma perplexidade muda, porém sem sombra de ira, e depois declarou, indiferente:

— Desde que ele quer contar essas coisas, não vou desmenti-las: eu matei.

— Mas por quê? — perguntaram-lhe.

— Por ele — disse Katerina Lvovna, apontando para o cabisbaixo Serguei.

Os criminosos ficaram em celas separadas do presídio, e o terrível assunto, que provocara atenção e indignação de todo mundo, foi resolvido prontamente. Em fins de fevereiro, a corte penal condenou Serguei e a viúva do comerciante de terceira classe Katerina Lvovna a serem açoitados na praça comercial de sua cidade[21] e depois mandados para os trabalhos forçados. No início de março, numa manhã bem fria, o verdugo deixou determinada quantidade de cicatrizes azuis e rubras nas costas brancas e nuas de Katerina Lvovna; em seguida, aplicou uma porção de golpes nos ombros de Serguei e ferreteou o seu rosto bonito com três marcas de presidiário.

Durante todo aquele tempo, Serguei despertava, não se sabia por que, muito mais compaixão nas pessoas que Katerina Lvovna. Imundo e ensanguentado, ele quase caía ao descer do cadafalso preto, enquanto Katerina Lvovna desceu sem lamentos, buscando apenas fazer que sua camisa grossa e seu áspero casaco de presa não lhe tocassem no dorso dilacerado.

Mesmo no hospital da prisão, quando lhe entregaram seu filho recém-nascido, ela só disse: "Não quero nem saber dele!" e, virando-se para a parede sem um

---

[21] Trata-se da "execução comercial" mencionada no conto *Uma anedota ruim*, de Fiódor Dostoiévski.

gemido nem queixa alguma; tombou de bruços em sua dura tarimba.

Capítulo décimo terceiro

A caravana de presos em que estavam Serguei e Katerina Lvovna partiu quando a primavera constava apenas do calendário e o solzinho, conforme o ditado popular, "bem brilhava e mal esquentava".

O neném de Katerina Lvovna foi confiado à velha prima de Boris Timoféitch, porquanto, tido como o filho legítimo do marido trucidado da criminosa, ele se considerava agora o único herdeiro de todo o cabedal dos Ismáilov. Katerina Lvovna estava muito contente com isso, de sorte que entregou o recém-nascido com plena indiferença. Seu amor pelo pai, semelhante ao de várias mulheres fogosas em demasia, não tinha nada a ver com o filho.

Aliás, não havia mais para ela nem luz nem treva, nem mal nem bem, nem tristeza nem alegria: ela não entendia coisa nenhuma, não amava a ninguém, inclusive a si mesma. Vivia ansiosa pela partida da caravana para a Sibéria, onde esperava reencontrar seu Seriójetchka, e nem sequer se lembrava de seu filhinho.

As esperanças de Katerina Lvovna não a ludibriaram: acorrentado com ferros pesados, ferreteado, Serguei saiu, com a mesma chusma de condenados, portão afora.

A gente se acostuma, na medida do possível, a qualquer situação execrável e, na medida do possível, preserva em cada situação dessas a capacidade de reaver suas ínfimas alegrias, mas Katerina Lvovna nem precisava acostumar-se: via novamente Serguei, e com ele até o caminho para a Sibéria florescia de tanta felicidade.

Katerina Lvovna levava consigo poucos objetos de valor, guardados num saco, e menos ainda dinheiro sonante. Distribuiu, porém, tudo isso, bem antes de sua caravana alcançar Níjni,[22] entre os oficiais da escolta em troca da possibilidade de caminhar juntinho de Serguei pela estrada e abraçá-lo, por uma horinha, no breu noturno de um gelado cantinho do estreito corredor da cadeia.

Apesar disso, o amiguinho ferreteado de Katerina Lvovna passou a tratá-la sem muito carinho: fosse qual fosse aquilo que lhe dizia, seu tom era irritado; não dava a mínima para encontros furtivos, embora arranjados, sem ela comer nem beber, com um precioso quarto do rublo[23] tirado do seu porta-níqueis magro, e mesmo chegava a censurá-la:

— Em vez de te esfregares em mim pelos cantos, farias melhor se me desses aquele dinheiro que dás ao oficial.

---

[22] O autor se refere a Níjni Nóvgorod, grande cidade russa (conhecida como Górki de 1932 a 1990) localizada nas margens do rio Volga.
[23] Moeda equivalente a 25 copeques (¼ do rublo).

— Dei um quartinho apenas, Seriójenka — defendia-se Katerina Lvovna.

— Pois um quartinho não é dinheiro? Será que achaste muitos quartinhos assim, pela estrada, para gastá-los agora a torto e a direito?

— Mas nós nos vimos, Serioja.

— Pensa só quanta alegria, a gente se ver depois daquela tortura toda! Amaldiçoaria a minha vida inteira, não só o encontro contigo.

— E para mim, Serioja, tanto faz, tomara que te veja.

— Tudo isso é bobagem — retrucava Serguei.

Às vezes, Katerina Lvovna mordia seus lábios até sangrarem, após essas respostas, e mesmo as lágrimas de fúria e desgosto surgiam, na escuridão dos encontros noturnos, em seus olhos alheios ao choro; todavia, ela se conformava, calada, e continuava a enganar a si própria.

Dessa maneira, mantendo novas relações mútuas, eles chegaram a Níjni Nóvgorod. Ali sua caravana reuniu-se com outro grupo de detentos que seguia para a Sibéria do lado de Moscou.

Neste extenso grupo havia, dentre as mais diversas mulheres presas, duas pessoas muito interessantes: Fiona, viúva de um soldado de Yaroslavl, uma mulher fascinante assim, bem dotada, de grande estatura, com uma farta trança negra e lânguidos olhos castanhos, cobertos de cílios espessos como de um véu misterioso, e uma lourinha de dezessete anos, de rosto agudinho e tenra pele rosada, com uma boquinha minúscula, covinhas nas faces frescas e cachos dourados que lhe caíam, volúveis, sobre a testa debaixo da sua faixa de presidiária. Os presos chamavam essa garota de Sonetka.

A bela Fiona tinha uma índole branda e indolente. Todo o grupo a conhecia, e nenhum homem se entusiasmava demais ao conseguir seus favores nem se entristecia de vê-la agraciar com estes outro pretendente.

— A titiazinha Fiona é uma mulher bondosa, não ofenderá a ninguém — diziam, brincando, todos os detentos.

Quanto a Sonetka, seu caráter era bem diferente. Dizia-se a respeito dela:

— É uma enguia: anda por perto, mas não se rende por certo.

Sonetka tinha bom gosto, sabia escolher e até mesmo tendia, quiçá, a escolhas rígidas em excesso: ela não queria que a paixão lhe fosse servida crua, mas, sim, com um molho picante e ardente, com sofrimentos e sacrifícios. Fiona, por sua vez, representava aquela simplicidade russa que está com preguiça mesmo de dizer a alguém: "Cai fora!", sabendo apenas que é uma mulher. Tais mulheres são muito valorizadas em bandos de salteadores, caravanas de presos e comunas da social-democracia petersburguense.

O aparecimento dessas duas mulheres na mesma caravana reunida de Serguei e Katerina Lvovna teve, para esta última, um significado trágico.

Capítulo décimo quarto

Desde os primeiros dias do caminhar da caravana reunida de Níjni para Kazan,[24] Serguei começou a empenhar esforços visíveis para ganhar a benevolência da viúva Fiona e não se esforçou em vão. A lânguida bonitona Fiona não fez Serguei esperar demais, já que, por sua bondade, cedia a qualquer um. Na terceira ou quarta jornada, Katerina Lvovna arranjou, ao cair do crepúsculo, um encontro com seu Seriójetchka, mediante o habitual suborno, e ficou deitada, mas sem dormir, esperando o oficialzinho de plantão entrar, empurrá-la de leve e cochichar: "Vai logo". A porta se abriu, e uma mulher se esgueirou pelo corredor; abriu-se de novo, e outra presa pulou rapidinho da sua tarimba, sumindo também com o acompanhante; puxaram, enfim, o casaco com que se cobria Katerina Lvovna. A jovem se levantou depressa da tarimba lustrada pelos flancos dos presidiários, pôs o casaco sobre os ombros e cutucou o oficial que estava na sua frente.

Indo pelo corredor, Katerina Lvovna se deparou, apenas num lugarzinho parcamente iluminado por uma cega luminária, com dois ou três casais que de modo algum deixavam perceber a sua presença de longe.

---

[24] Grande cidade na região do rio Volga, atualmente a capital da República Autônoma da Tartária que faz parte da Federação Russa.

Quando passava ao lado da cela masculina, ouviu, através do postigo aberto na porta, um riso contido.

— Eta, que folga — resmungou o oficial e, segurando Katerina Lvovna pelos ombros, empurrou-a para um cantinho e foi embora.

Katerina Lvovna apalpou, na escuridão, um casaco e uma barba; a outra mão dela roçou num quente rosto feminino.

— Quem é? — perguntou Serguei a meia-voz.

— E tu, o que fazes aí? Com quem estás?

Katerina Lvovna arrancou, às escuras, a faixa da sua rival. Esta se esquivou destramente, correu e, esbarrando em alguém no corredor, caiu.

Um gargalhar sonoro ouviu-se na cela masculina.

— Safado! — cochichou Katerina Lvovna e bateu no rosto de Serguei com as pontas do lenço que tirara da cabeça dessa nova amiga dele.

Serguei já ia revidar, mas Katerina Lvovna se precipitou pelo corredor e abriu a porta de sua cela. O gargalhar repetiu-se na cela masculina com tanta força que o guarda, apaticamente plantado defronte da luminária, a cuspir na pontinha de sua bota, soergueu a cabeça e rugiu:

— Calados!

Katerina Lvovna se deitou em silêncio e permaneceu assim até o amanhecer. Queria dizer a si mesma: "Pois não o amo!", porém sentia que o amava mais ainda. E eis que surgia, diante dos seus olhos, surgia sem cessar a mão dele, pulsando sob a cabeça daquela outra mulher, e a outra mão afagando os cálidos ombros dela.

A pobre mulher se pôs a chorar, a chamar, sem querer, por Serguei, para que uma das suas mãos ficasse, naquele momento, sob a cabeça dela e a outra lhe afagasse os ombros histericamente trêmulos.

— Devolve-me, pois, minha faixa — veio pedir-lhe, pela manhã, a viúva Fiona.

— Ah, então foste tu?...

— Devolve, por favor!

— E por que tu separas a gente?

— Como assim, separo? Será, realmente, um amor de verdade ou um interesse para te zangar desse jeito?

Katerina Lvovna pensou um instante, depois retirou a faixa que arrancara à noite e guardara debaixo do seu travesseiro e, jogando-a para Fiona, virou-lhe as costas. Sentia-se aliviada.

— Arre! — disse consigo mesma. — Será que vou ter ciúmes daquela bacia pintada? Que se dane! Até me comparar com ela dá nojo.

— É o seguinte, Katerina Ilvovna — dizia, no mesmo dia, Serguei, caminhando ao seu lado pela estrada. — Entende, por gentileza, que, primeiro, não sou nenhum Zinóvi Boríssytch e, segundo, que tu mesma agora não és mais daquelas riquinhas. Faz, portanto, o favor de não enfunar por demais o papo. Os chifres de cabra não têm lá muito valor.

Katerina Lvovna não respondia nada, caminhando, por uma semana, sem trocar uma só palavra nem um só olhar com Serguei. Magoada, mantinha-se firme; não queria dar o primeiro passo da reconciliação em sua primeira briga com o amante.

Nesse meio-tempo, enquanto Katerina Lvovna estava zangada com Serguei, este começou a bajular e cortejar a lourinha Sonetka. Ora a saudava "com especial respeito", ora lhe sorria, ora tentava abraçá-la bem forte assim que a encontrava. Katerina Lvovna via tudo isso, e seu coração se inflamava cada vez mais.

"Não seria melhor que fizesse as pazes com ele?" — cismava, tropeçando sem ver a terra sob os seus pés, Katerina Lvovna.

No entanto, o orgulho ferido não lhe permitia, agora mais do que nunca, tomar a dianteira. E Serguei cortejava Sonetka mais obstinado ainda, e todos já achavam que a indócil Sonetka, a qual andava, feito uma enguia, por perto, mas não se rendia por certo, ficara de súbito amansada.

— Estavas reclamando comigo — disse, um dia, Fiona a Katerina Lvovna —, e o que foi que eu te fiz? Meu caso já se foi todo; seria melhor olhares para Sonetka.

"Que o diabo carregue este meu orgulho: sem falta farei as pazes, hoje mesmo" — resolveu Katerina Lvovna, pensando apenas em como proceder, da melhor maneira possível, à tal reconciliação.

Foi o próprio Serguei quem a livrou dos apuros.

— Ilvovna! — chamou por ela durante um descanso. — Vem esta noite falar comigo um minutinho: tenho um negócio aqui.

Katerina Lvovna permaneceu calada.

— Talvez não venhas porque te zangas ainda?

Katerina Lvovna não respondeu outra vez. Mas Serguei, bem como todos os que estavam de olho nela, viu Katerina Lvovna se achegar, ao lado da casa de detenção, ao oficial superior da escolta e entregar-lhe dezessete copeques que tinha amealhado como esmola.

— Assim que juntar trocados, darei mais uma *grivna*[25] — implorou Katerina Lvovna.

O oficial escondeu o dinheiro no canhão da manga e disse:

— Está bem.

Quando acabaram essas negociações, Serguei limpou a garganta com um grasnido e lançou uma piscadela a Sonetka.

— Ah, Katerina Ilvovna! — exclamou ele, abraçando-a ao pé da escada que levava à casa de detenção. — Não há, rapazes, no mundo inteiro nenhuma mulher que se compare a essa.

Katerina Lvovna enrubescia e ofegava de tanta felicidade.

Tão logo a porta se entreabriu de noite, ela saiu correndo da cela: tremia toda e procurava Serguei, às apalpadelas, no corredor escuro.

— Minha Kátia! — disse Serguei, ao abraçá-la.

— Ah, ah, meu safadinho! — respondeu Katerina Lvovna em meio aos prantos, beijando o amante.

O guarda andava pelo corredor e, parando, cuspia em suas botas e voltava a andar; os presos roncavam,

---

[25] Antiga moeda russa, equivalente à décima parte do rublo, isto é, à dez copeques.

exaustos, atrás das portas; um rato roía uma pena; embaixo do forno estridulavam, à porfia, os grilos, e Katerina Lvovna continuava a deliciar-se.

Mas eis que se esgotaram os arroubos, e a inevitável prosa veio à tona.

— As pernas doem tanto que dá para morrer: do tornozelo até o joelho, os ossos estão doloridos — queixava-se Serguei, sentado com Katerina Lvovna num canto, no chão.

— O que fazer, hein, Seriójetchka? — perguntava ela, encolhendo-se sob as abas do seu casaco.

— E se pedir que me botem no hospital em Kazan?

— Oh, por que é isso, Serioja?

— E o que faço se dói de matar?

— Mas tu ficas no hospital, e eu vou, caminhando, adiante!

— Fazer o quê? A corrente aperta tanto, mas tanto que, digo-te, quase me entra toda no osso. Só se pusesse, por baixo, um par de meias de lã... — disse Serguei um minuto depois.

— As meias? Ainda tenho, Serioja, um par de meias novinhas.

— Não, para quê? — replicou Serguei.

Sem uma palavra a mais, Katerina Lvovna correu à cela, revirou, em cima da tarimba, a sua bolsinha e retornou apressada, trazendo para Serguei um par de meias azuis de lã com setas vistosas de lado.

— Agora será mais fácil — disse Serguei, despedindo-se de Katerina Lvovna e aceitando as suas últimas meias.

Toda feliz, Katerina Lvovna voltou para a sua tarimba e mergulhou num sono profundo. Não ouviu Sonetka ir para o corredor, depois de ela entrar na cela, e regressar de lá, às escondidas, já ao amanhecer.

Isso aconteceu apenas a duas jornadas de Kazan.

Capítulo décimo quinto

O dia frio e nublado, com vento cortante e chuva mesclada com neve, recebeu mal a caravana que saía dos portões da sufocante casa de detenção. Katerina Lvovna saiu assaz animada, mas, logo que integrou a fileira dos presos, ficou toda tremente e lívida. Seus olhos turvaram-se, todas as juntas lhe fraquejaram, doloridas. Era Sonetka que estava na frente de Katerina Lvovna, calçando as bem conhecidas meias azuis de lã, com setas vistosas.

Katerina Lvovna se pôs a marchar semimorta; apenas seus olhos vidrados fixavam Serguei de maneira medonha.

Na hora do primeiro descanso, ela se aproximou calmamente de Serguei, cochichou "cafajeste" e de súbito lhe cuspiu bem nos olhos.

Serguei queria agredi-la, mas foi retido.

— Espera aí! — disse ele, enxugando a cara.

— Puxa, mas que coragem ela te mostra — zombavam os detentos de Serguei, e o mais alegre era o gargalhar de Sonetka.

O namorico que ela aceitara agradava-lhe em cheio.

— Pois isso eu não vou deixar para lá — ameaçou Serguei Katerina Lvovna.

À noite, cansada de mau tempo e caminhada, Katerina Lvovna dormia inquieta, de coração partido, na tarimba de outra casa de detenção e não ouviu dois homens entrarem na cela feminina.

Quando eles entraram, Sonetka se soergueu, calada, em sua tarimba, apontou com a mão para Katerina Lvovna, deitou-se de novo e cobriu-se com seu casaco.

No mesmo instante, o casaco de Katerina Lvovna lhe envolveu rápido a cabeça, e, desferidos com toda a força de um homem bruto, os golpes da ponta grossa de uma corda dobrada ao meio desabaram nas suas costas cobertas apenas por uma camisa tosca.

Katerina Lvovna gritava, mas sua voz não se ouvia sob o casaco que lhe tapava a cabeça. Ela se debatia, mas também em vão: sentado em seus ombros, um detento robusto lhe segurava os braços.

— Cinquenta — terminou, enfim, de contar os golpes uma voz, que qualquer um reconheceria facilmente como a de Serguei, e os visitantes noturnos sumiram logo atrás da porta.

Katerina Lvovna libertou a cabeça e levantou-se num pulo: não havia mais ninguém, mas uma risada maldosa soava por perto, sob um casaco. Katerina Lvovna reconheceu o gargalhar de Sonetka.

Essa mágoa já não tinha limites; tampouco os teria a sensação de fúria que nesse momento brotava na alma de Katerina Lvovna. Enlouquecida, ela se arrojou para frente, perdeu os sentidos e tombou no peito de Fiona que a arrimara.

E nesse peito roliço, que havia ainda tão pouco tempo aprazia com a doçura da devassidão ao amante infiel de Katerina Lvovna, esta chorava agora o seu insuportável pesar, apertando-se, como uma criança à mãe, à sua tola e corpulenta rival. Agora elas estavam iguais: ambas tinham sido conferidas, quanto ao seu valor, e jogadas fora. Estavam iguais: Fiona, sujeita ao primeiro impulso de amor, e Katerina Lvovna a vivenciar um drama amoroso!...

Aliás, Katerina Lvovna não se importava mais com nada. Ao esgotar suas lágrimas, ela se entorpeceu e, impassível como uma estátua de madeira, aprontou-se para atender à chamada matinal de presos.

Bateu o tambor — ruf-ruf-ruf —, e os detentos, acorrentados ou não, foram ao pátio: Serguei e Fiona, Sonetka e Katerina Lvovna, um *raskólnik*[26] aferrado a um judeu e um polonês ligado, com a mesma corrente, a um tártaro.[27]

Todos se agruparam, depois se puseram, bem ou mal, em fileiras e foram caminhando.

---

[26] Membro do movimento religioso perseguido pelo governo da Rússia czarista.
[27] O autor se refere, por um lado, à incompatibilidade espiritual dos detentos que cumpriam a pena juntos e, por outro lado, mostra, de forma indireta, a diversidade da população carcerária na Rússia denominada, na época, de "cadeia dos povos".

Um quadro desolador ao extremo: um punhado de pessoas afastadas do mundo e privadas de sombra de esperanças do futuro melhor, afundando no frio lamaçal preto de uma estrada de terra. Tudo está horroroso ao seu redor: uma infinitude de lama, um céu cinza, uns salgueiros molhados, sem folhas, e nos seus galhos furcados, um corvo de penas eriçadas. O vento ora geme, ora se enfurece, ora se põe a uivar, a bramir. E nesses sons infernais, que laceram a alma e arrematam todo o horror do quadro, ouvem-se os conselhos da esposa do Jó bíblico: "Amaldiçoa o dia de teu nascimento e morre".

Quem não quer dar ouvidos a essas palavras, quem não se consola, nem sequer nesse estado deplorável, com a ideia da morte, mas a teme, precisa tentar abafar as vozes uivantes com algo mais feio ainda que elas. O homem de condição simples entende perfeitamente isso e desencadeia então toda a sua simplicidade animalesca, começa a fazer besteiras, a torturar a si mesmo, a humilhar as pessoas e os sentimentos. Já por si só despojado de delicadeza, torna-se sobremaneira maldoso.

— Hein, riquinha? Vossa Senhoria está bem de saúde? — perguntou Serguei, insolente, a Katerina Lvovna, tão logo a caravana deixou, atrás de uma colina molhada, a aldeia onde havia pernoitado.

Dito isso, voltou-se de pronto para Sonetka, cobriu-a com sua aba e cantou com um falsete estridente:

— *Vejo da janela, à sombra, a ruça cabecinha:*
Tu não dormes, meu tormento, minha safadinha!

Vou cobrir-te com minha aba para não te verem...

Com essas palavras, Serguei abraçou Sonetka e beijou-a de língua na frente de toda a caravana...

Katerina Lvovna viu tudo isso e não viu nada: continuava a marchar como se estivesse já morta. Os presos desandaram a empurrá-la e a mostrar as travessuras de Serguei com Sonetka. Ela se tornou o objeto de suas caçoadas.

— Não toquem nela — defendia-a Fiona quando algum dos presidiários procurava zombar de Katerina Lvovna, que ia aos tropeços. — Será que não veem, diabos: a mulher está muito doente.

— Deve ter molhado os pezinhos — gracejava um jovem detento.

— É claro: ela é da família comerciária, tem educação fina — replicou Serguei.

— Se tivesse, pelo menos, meias quentinhas, aí sim, estaria, na certa, melhor — prosseguiu ele.

Katerina Lvovna parecia ter acordado.

— Serpente maldita! — disse ela, sem se conter. — Ri, cafajeste, ri de mim!

— Não, riquinha, não é para rir! É que Sonetka está vendendo umas meias muito bonitas, então eu pensei se a nossa comerciante não gostaria de comprá-las.

Muitos presos riam. Katerina Lvovna caminhava como uma máquina a que deram corda.

O tempo vinha piorando. Das nuvens cinzentas a recobrirem o céu começaram a cair os úmidos flocos de neve, que se derretiam, mal tocavam no solo, e aumentavam a lama intransitável. Por fim, apareceu pela frente uma raia escura, da cor de chumbo, cuja borda oposta não se via ao longe. Era o rio Volga. Um vento bastante forte soprava sobre o Volga, puxando de um lado para o outro as ondas escuras que se soerguiam lentas, de bocas escancaradas.

A caravana de presos molhados e tiritantes de frio acercou-se devagar da passagem fluvial e parou à espera da balsa.

Veio uma balsa encharcada e toda escura; a escolta começou a embarcar os detentos.

— Dizem que nesta balsa alguém transporta vodca — notou um presidiário, quando a balsa desatracou e, sob os flocões de neve molhada, foi balançando nas vagas do rio furioso.

— Sim, não seria mal despejar agora um copinho — respondeu Serguei e, atenazando Katerina Lvovna para divertir Sonetka, disse: — Serve-me vodcazinha para brindar à velha amizade. Não sejas sovina, riquinha. Lembra, minha querida, nossos amores antigos, como a gente se lambuzava, minha alegria, como passava as longas noitinhas de outono e como mandava teus familiares à paz eterna sem todos aqueles padres e sacristãos?

Katerina Lvovna tremia toda de frio. Mas além do frio, que a traspassava, debaixo das roupas ensopadas, até os ossos, havia algo bem diferente que acontecia em seu organismo. Sua cabeça estava ardente de febre; suas pupilas dilatadas irradiavam um brilho agudo e vacilante, fixando-se nessas ondas em movimento.

— Eu também tomaria vodcazinha: o frio está de rachar — tilintou Sonetka.

— Vem, serve, riquinha! — insistia Serguei.

— Cria vergonha na cara! — pronunciou Fiona, abanando a cabeça em sinal de reproche.

— Isso não te faz honra nenhuma — apoiou a viúva o bandidinho Gordiuchka.

— Se não te importas com ela, por que não tens vergonha dos outros?

— Ei, tu, tabaqueira mundana! — gritou Serguei a Fiona. — Que papo é esse: vergonha? Por que é que teria vergonha? Talvez nunca tenha amado aquela... e agora a botinha surrada de Sonetka é mais cara para mim que o focinho dela, gata sarnenta. O que é que podes falar sobre isso? Que ame agora esse Gordiuchka de boca torta, ou... — ele olhou para um homenzinho de *burka*[28] e quepe militar com distintivo, que estava a cavalo, e acrescentou: — ... ou, melhor ainda, que afague o oficial: debaixo da sua *burka* não chove, ao menos.

— E todos a chamariam de oficialzinha — tilintou Sonetka.

— Pois é! E teria, brincando, dinheiro para comprar as meias — aprovou Serguei.

Katerina Lvovna não se defendia: olhava, cada vez mais atenta, para as ondas do rio e movia os lábios. Em meio às falas ignóbeis de Serguei, ruídos e gemidos ouviam-se, para ela, entre as vagas que se fendiam e baqueavam. E eis que surgiu, de chofre, numa das vagas rachadas a cabeça azul de Boris Timoféitch;

---

[28] Capa de feltro, de origem caucasiana, usada principalmente por oficiais de cavalaria.

da outra onda assomou, balançando, o seu marido a abraçar Fêdia de cabecinha baixa. Katerina Lvovna queria rememorar uma oração e movia os lábios, mas estes só cochichavam: "... como a gente se lambuzava, como passava as longas noitinhas de outono e como matava, de morte horrível, pessoas".

Katerina Lvovna tremia. Seu olhar vago se concentrava e se tornava selvagem. Seus braços se estenderam, umas duas vezes, para algum lugar no espaço e recaíram. Mais um minuto... e de repente ela cambaleou, sem desviar os olhos das ondas escuras, inclinou-se, pegou nas pernas de Sonetka e, num rompante, jogou-se com ela de cima da balsa.

Todos ficaram petrificados de pasmo.

Katerina Lvovna assomou sobre uma onda e mergulhou de novo; a outra onda trouxe à tona Sonetka.

— O croque![29] Joguem o croque! — gritaram na balsa.

Um croque pesado voou, numa corda comprida, e caiu na água. Sonetka desapareceu novamente. Dois segundos depois, carregada por uma rápida correnteza para longe da balsa, ela tornou a agitar os braços, porém, no mesmo instante, Katerina Lvovna se reergueu sobre outra onda, quase até a cintura, agarrou Sonetka, igual a um forte lúcio[30] que ataca um peixe mais fraco, e elas duas não ressurgiram mais das águas do rio.

---

[29] Vara com um gancho de metal na ponta, utilizada para facilitar o atracamento de barcos.
[30] Peixe carnívoro que habita os rios de vários países europeus, inclusive os da Rússia.

SOBRE OS AUTORES

Romancista e contista de renome internacional, Ivan Serguéievitch Turguênev (1818–1883) nasceu em Oriol[1] e passou a infância na fazenda materna Spásskoie-Lutovínovo situada na mesma região. Desde criança falava alemão e francês. Estudou nas universidades de Moscou, São Petersburgo e Berlim; durante alguns anos serviu no Ministério dos Negócios Internos. Estreou como literato em 1838. Apaixonado pela cantatriz francesa Pauline Viardot, abandonou o serviço público. A partir de 1845 vivia longas temporadas fora da Rússia (Paris, Baden-Baden), dedicando-se inteiramente à literatura. Seus contos (*Diário de um caçador*, 1852), novelas (*Fausto*, 1855; *Ássia*, 1858; *O primeiro amor*, 1860;

---

[1] Antiga cidade, cujo nome significa "águia" em russo, localizada a sudoeste de Moscou.

O Rei Lear dos estepes, 1870; *Águas da primavera*, 1872), romances (*Rúdin*, 1856; *O ninho dos nobres*, 1859; *Às vésperas*, 1860; *Pais e filhos*, 1862; *Fumaça*, 1867; *Terras virgens*, 1877) e, no final da vida, poemas em prosa (*Senilia*, 1882) asseguraram-lhe a posição do escritor russo mais lido e respeitado na Europa, tanto assim que o chanceler da Alemanha Chlodwig Hohenlohe[2] chegou a caracterizá-lo como "o homem mais inteligente da Rússia". Amigo de numerosos intelectuais e artistas europeus, desempenhou o papel de intermediário no estreitamento das relações culturais entre a Rússia e o Ocidente, o que lhe valeu, entre outras regalias, o título de doutor honorífico da Universidade de Oxford (1879). Faleceu na França e foi sepultado, em meio a uma grande comoção popular, em São Petersburgo.

* * *

Verdadeiro artesão das palavras, Nikolai Semiônovitch Leskov (1831–1895) nasceu na aldeia Gorókhovo, situada na região de Oriol. Foi criado em vilas interioranas, onde se familiarizou com as riquezas da linguagem popular. Estudou no Ginásio de Oriol sem terminar o curso; trabalhou nos órgãos administrativos de Oriol e Kiev (1847–1857), depois

---

[2] Chlodwig Carl Viktor, Fürst zu Hohenlohe-Schillingsfürst (1819–1901): político e diplomata alemão, primeiro ministro do Império Germânico de 1894 a 1900

na empresa comercial de seu tio. Desde 1861 residia em São Petersburgo, empenhando-se em atividades jornalísticas e literárias. Nem todas as obras de Leskov obtiveram sucesso: se o "maldoso romance" *De faca na mão*[3] (1870) atraiu certa atenção dos leitores, o conto *Um peregrino encantado* (1873), de estilo vanguardista, foi rejeitado até mesmo pela revista "Mensageiro russo" cujo editor era seu amigo. Não obstante, a crítica reconheceu-o, nos últimos anos de sua vida, como "o mais russo dos escritores russos".[4] Alguns dos seus personagens — por exemplo, o Canhoto, ferreiro que pôs ferraduras nas patinhas de uma pulga — tornaram-se não apenas famosos pela Rússia afora como folclóricos.

---

[3] Esse romance foi voltado contra os niilistas (confira *Pais e filhos*, de Ivan Turguênev, 1862), que Leskov tratava, de modo sumário, como "baderneiros" e "criminosos".

[4] Citamos a expressão de Dmítri Sviatopolk-Mírski (1890–1939), professor da Universidade de Londres e autor da fundamental *História da literatura russa* (1926–1927).

© *Copyright* desta tradução: Editora Martin Claret Ltda., 2014.
Títulos originais: Первая любовь (*O primeiro amor*); Леди Макбет Мценского уезда (*Lady Macbeth do distrito de Mtsensk*).
Fontes usadas para a tradução: Иван Тургенев. Первая любовь. – Повести о любви в двух томах. Том 2. Минск, 1975. Николай Лесков. Леди Макбет Мценского уезда. – Н. С. Лесков. Тупейный художник: повести и рассказы. Минск, 1979.

Direção
MARTIN CLARET

Produção editorial
CAROLINA MARANI LIMA / FLÁVIA P. SILVA

Diagramação
GIOVANA GATTI LEONARDO

Projeto gráfico, direção de arte e capa
JOSÉ DUARTE T. DE CASTRO

Tradução e notas
OLEG ALMEIDA

Revisão
RAPHAEL VASSÃO NUNES RODRIGUES

Impressão e acabamento
PAULUS GRÁFICA

A ortografia deste livro segue o novo o
Acordo Ortográfico da Língua Portuguesa.

Dados Internacionais de Catalogação na Publicação (CIP)
(Câmara Brasileira do Livro, SP, Brasil)

Turguênev, Ivan, 1818-1883.
Contos russos: tomo II / Ivan Turguênev, N. S. Leskov; tradução e notas Oleg Almeida. — 1. ed. — São Paulo: Martin Claret, 2015. — (Coleção contos; 9)

"Texto integral"
ISBN 978-85-440-0021-2

1. Contos russos I. Nikolai, Leskov, 1831–1895. II. Título. III. Série.

14-05641   CDD-891.73

Índices para catálogo sistemático:
1. Contos: Literatura russa   891.73

EDITORA MARTIN CLARET LTDA.
Rua Alegrete, 62 — Bairro Sumaré — CEP: 01254-010 — São Paulo — SP
Tel.: (11) 3672-8144 — Fax: (11) 3673-7146
www.martinclaret.com.br
Impressão - 2015